거
꾸
로

자
라
는

버
튼

KB193163

P.S 기획시선 8

거꾸로 자라는 버튼

최바하

나를 들여다본다는 것은 수없는 질문을 던지는 일이었다

어느덧 9년이 되어갑니다.

늘 긴장과 함께 준비된 자세로 사람에게 가야 하는 나의 일이 긴 시간 동안 갈등이나 큰 문제 없이 지나온 것은 참으로 다행스러운 일이었습니다.

물론, 때로는 안타까움에 힘이 빠지고, 몸이 고달파 힘에 부칠 때도 있었지만, 타고난 천직이라 생각하며 보람을 느끼며 만족한 시간을 품고 지나 올 수 있었습니다.

그렇게 내 안에서 별 탈 없이 쭉 지날 거라고 여기며 걸어온 일이 어느 순간 스스로 나태해지는 모습이 보이기 시작하자 그 모습을 들킬까 봐 서둘러 그 일터를 떠났습니다.

그 무렵, 나 자신을 위한 새로운 리셋버튼을 찾다가 원주에서 강연하게 되었다는 어릴 적 친구의 소식을 접하게 되었고, 교양강좌처럼 인문학 강연을 듣고 싶어 연세대 미래교육원에 등록했습니다.

운 좋게도 그곳에서 새롭고 다양한 사회인들을 만나게 되었고, 그분들과 인간적인 교류와 함께 색다른 관계가 맺어지고, 새로운 문화를 접하게 되었습니다. 그렇게 함께한 동기들과 꾸준한 모임을 이어가다가 강좌 동안 모두 깊이 공감한 '나도 작가'라는 글쓰기 수업을 들어보자는 의견에 대부분 동감하면서 지금의 김남권 시인을 지도 교수로 모시고 내면의 사유를 통해 표현되는 시를 짓는 배움을 시작하게 되었습니다.

책상머리를 마주하며 배우는 시간 속에서 서툰 자작시를 읽어 내려갈 때는 시간이 되돌아간 듯, 일순 멈춰버린 것도 같아 홀로 수업이 부끄럽기도 했습니다. 그러나 그 속에서 또 다른 나를 찾아가는 신기함과 새롭게 깨달아 가는 신세계를 경험했습니다.

매주 목요일 저녁 7시, 수업 시간에 들었던 수많은 시편이 흰 캔버스 위 그림처럼 각각의 색깔과 모양으로 이야기가 되어 그려졌습니다. 그것은 글자로 걸어 나와 지면 밖의 내게 공감과 감동을 선물해 주었습니다.

그렇게 8년의 세월을 함께 하며 차곡차곡 배우는 동인들의 글 속에서 각자의 상처와 결핍, 낭만과 치유를 공유하며 그 삶의 두께만큼 내면도 채워져 갔습니다.

그렇게 해마다 몇 편씩 내놓은 시가 문집이 되었고, 해마다 동인지가 쌓이듯 질문은 성장해 갔습니다. 그 문집들 속에 겉이파리 같은 나의 글들을 거두어 부끄러운 한 권의 시집으로 엮어 세상에 내놓게 되었습니다.

따뜻한 '봄의 시인'이 스승으로 계셨기에 내 속 좁은 사유가 상상의 경계를 넘어 공간을 자유로이 들여다보고, 무수한 질문이 활자의 이미지로 묘사될 수 있었습니다.

가끔 깨달음의 시간 차가 늦고, 받아먹는 속도가 느려 늘 꾸물거리는 제자를 묵묵히 바라보며 시간 들여 기다려주신 교수님께 깊은 감사와 존경을 표합니다.

제 시편이 화려한 서화書花로 피어나진 않았지만, 첫 잎 같은 새순의 마음으로 앞서 걸어간 시인들의 발자국을 바라보며 묵묵히 걸어가겠습니다.

제 시집 속의 이야기는 그동안 살아오면서 만났던 사람들의 이야기며, 걸어 다니며 마주하게 된 경험들과 기억 속에 간직해온 그리움들로 가득 차 있습니다.

부끄럽지만 시집을 읽는 동안 한 편이라도 공감이 되는 부분이 있다면 저에게는 참으로 기쁘고 행복한 일이 될 것 같습니다.

거꾸로 자라는 버튼

또한 십여 년의 세월을 한 스승님 밑에서 가르침을 받으며 서로를 응원하고 배움의 기쁨을 나누는 달빛문학회 회원들과 원주 달무리동인회 회원들에게도 도반으로서 동행해 준 고마움을 전합니다.

끝으로 간섭은 하지 않으면서도 관심의 귀는 닫지 않고, 소리 없이 묵묵히 지지를 보내온 남편과 이젠 다 커서 사회인으로서 제 길을 걸어가고 있는 언제나 내 편인 아들에게도 이 고마움을 전합니다.

감사합니다.

2025년 둘째 달 입춘에

최바하

시인의 말 4

제1부   **남친들의 수다**

게이트, 반계 1495-1 12 / 그녀의 마지막 집은 어디인가 14 / 산더미 속으로 춤꾼이 들어왔다 16 / 카페 오후, 커피가 쓰다 18 / 야속한 봄날 19 / 거꾸로 자라는 버튼 20 / 엄마의 감자적 21 / Door 22 / 발락고개 24 / 어떤 기도 26 / 항구엔 생선이 없었다 28 / 나의 사월은 31 / 남친들의 수다 32 / 노을 중독 33 / 사람 책갈피 34 / 우주를 건너온 첫소리 35 / 열감 36 / 자장가 37

제2부   **인어의 달**

1001번째 행성 40 / 장아찌, 봉인을 풀다 42 / 첫 꽃 44 / 톡으로 건너온 여름 날씨 45 / 인어의 달 46 / 묵호 등대 48 / 한계령 50 / 2018 여름나기 51 / 그런 날이 있다 52 / 첫눈 53 / 능말 깨비다 리 54 / 청령포의 나비 56 / 4월 16일, 나비 57 / 어버이날 58 / 폭염 59 / 너의 두 번째 노래를 듣고 싶다 60 / 숙주의 경고 62 / 11월의 문 65 / 하얀 포옹 66 / 소나기 장마 68

제3부   **탕수육의 연애학**

헤어, 붓칠 당하다 70 / 헬렌 켈러의 촛불 72 / 서쪽 하늘 73 / 호접몽 74 / 연애세포 소환되다 75 / 여우비 76 / 수치스런 날 77 / 감자꽃 할미 78 / 달포 화 80 / 킹 체리 81 / 해마의 사랑앓이 82 / 나 혼자 산다 84 / 난설헌의 담장 86 / 탕수육의 연애학 87 / 시계 밥을 먹는 여자 88 / 설중매 피어나는 풍경 90 / 두부보다 흰 92 / 엄지발가락 93

제4부   **아픈 손가락**

봄, 한 꼬집 96 / 비밀 통로 97 / 그녀의 보디가드 98 / 껍데기는 가라 100 / 백두산이 사라졌다 102 / 결국, 똥이었다 104 / 세대 이감 106 / 외버선에 구멍이 뚫렸다 108 / 오만과 사치 사이에 핀 꽃 110 / 바람 노래 112 / 순이 씨의 날개를 달다 113 / 앵벌이 원정대 116 / 누구였을까, 그 손 118 / 디올st를 위하여 120 / 청탁과 뇌물이 머무는 곳 122 / 가을은 수선집으로 들어왔다 124 / 꽃 누름 창 126 / 바다 호숫길을 걷다 128 / 아픈 손가락 131

해설 - 하늘과 바다에 부끄럽지 않은 영혼으로.
    사람의 가슴 속을 비추는 행성이 되는 언어 - 김남권(시인) 136

제1부

남친들의 수다

게이트, 반계* 1495-1

이건 비밀이다

내가 사는 마을 한구석엔
스타게이트가 있다
현관을 나서면 시속이 아닌 금속으로 날아
마하 25의 속도로
일 년에 단 한 번 열리는 문이 있다

틈이 생기는 순간,
빛은 들어온다
눈으로 본 모든 것은 이미 공상이 되었다
대지가 아닌 무중력 속에 떠 있는 발은
황금빛 노을에 잡혀 푸른 감각을 떠났고

내 혼은 도스처럼 오래된 가지 사이를 유영하다
뜨거운 욕망으로
공중을 허우적거리다 낙화洛花한다

---

* 원주시 반계리에 있는 1200년 된 은행나무

거꾸로 자라는 버튼

1,000년 후의 지상엔
높이 32미터의 히든아이가 다시 올 천 년을 기약하며
황금빛 인연을 열
사람의 품안에 너를 가두고 있다

그녀의 마지막 집은 어디인가

퇴행성 뇌질환을 앓고 있는 그이를 위해
문턱 높은 곳곳에 안전 손잡이가 생겼다
지금은 노쇠와 오랜 돌봄의 통증으로
접히고 굳어버린 그녀가
손잡이를 악착같이 붙잡고 걷기 시작한다

하늘만 쳐다보며 누워
모든 행위를 입으로만 하는 남자
무릎 높이의 굽은 허리로 바닥만 바라보며
눈과 손으로만 사는 여자가 되었다

얼굴을 마주한 순간
반쯤 열린 입술 끝이 떨린다
이내 물기 맺힌 눈가에
소리 없는 호소가 들린다

나 좀 구해줘…

요양원에선 캘리포니아 딸이
얼굴 없는 막장 효녀 행세를 하고

자택에선 멕시코 아들이
허세작렬 효자 노릇을 한다

거꾸로 자라는 버튼

벙어리가 된 엄마는
죄 없는 죄인이 된다

돈이 덜 든다며 숨겨온 이기적 도덕심으로
나머지 자녀들은 그녀의 독박 간병을
효심으로 적극 지지한다

엄마의 집에 엄마는 없다

그녀의
마지막 집에는 누가 살까

산더미 속으로 춤꾼이 들어왔다

봄내春川 우두동에 가면
반전의 맛을 내는
중화요리 짬뽕집이 있다

그 집의 시그니처는
갑오징어 짬뽕이 아닌
탕수육이다

바삭하게 튀긴 고기 옷엔
특이하게 달달하거나 끈적한
윤기가 흐르지 않는다

만년설에 덮인
마테호른의 위세만큼
숙주가 산더미처럼 쌓여 나온다

고기보다 먼저 씹게 되는
그 아삭함은 절대 기죽지 않는
채수의 환희로 가득 차 있다

곧은 속을 타고 흐르는
슴슴한 간장양념 베이스는
또 한 번 상상을 뛰어넘는다

거꾸로 자라는 버튼

더 알 수 없는 건
산더미에 깔려있던
튀김 육의 고매함이다

찰나의 단검에 베어진
홍초를 가둔 단초 물에도
주눅 들지 않는 초심의 맛이다

오랜 훈련으로
기본기가 다져진 춤꾼의 피지컬처럼
흔들림 없는 당당함이다

젓가락이 음률을 탄다
혀를 감고 올라간 미각 세포가
시놉시스 다리에서 만나
오차 없이 폭발한다

이내 짜릿한 파편 한 점에
'천미향'이 퍼진다

나는 이미 산더미에 홀렸다

카페 오후, 커피가 쓰다

30년 만에 한가위 소원을
프라하 카를교 시계탑 꼭대기에 걸린
달덩이에게 200 코루나를 바치고 빌었다

무슨 소원을 이루려고 은화를 던졌는지
기억은 희미해진 지 오래다

떠나온 집은 생각도 나지 않았다
먹고, 자고, 보고, 다시는 못 올 땅인 듯
작은 앵글 가득 사진을 박아 넣었다

시차 때문인지 날씨 덕분인지
신경 쓸 사이 없이 루틴을 반복하다
출근을 했다

어느덧 오후 여섯 시,
발뒤꿈치로 피곤이 밀려오고
주문한 커피는 할슈타트의
에스프레소보다 더 쓰다

거꾸로 자라는 버튼

야속한 봄날

연세대 원주캠퍼스 교문 지나
오른쪽 산자락 아래는
그림 같은 호수가 펼쳐져 있다

내가 사는 동네에서
가장 운치 있는 벚나무 길이다
따뜻한 봄기운에 집 가까이라서 찾아왔건만

그 길에는
노란빛 먼저 떠나보낸 푸른 개나리와
홍조로 물든 한 무더기 진달래가 만발하고
뒤늦게 피어난 함박 목련은
붉은 건물을 에워쌌는데

작은 꽃잎 화사하니
내가 기다리는 흰 낯빛은
아직 꽁꽁 싸매고 눈길조차 주지 않으니

참 야속하고 화려한 봄이다

거꾸로 자라는 버튼

쉼 없이 자꾸만 되물어 본다
방금 들은 말도 모르쇠로 일관한다
의례적인 질문에도 그런 적 없다고 화를 낸다
TV 음량 60데시빌을 켜둔 채
평화롭게 잠을 잔다

8년이 지났다
네 살이던 남자는 자라서
커다란 갓난아기가 되어
외마디 음절로도 침대 밖
모든 손발을 부리고 쓴다

처마 아래 가장 많은
사랑을 주었던 제일 큰 사람은
바닥까지 퍼주고 남은 빈 통에
하늘 풍선을 담고 오르려 한다

그는 부지런히 벤자민 버튼*이 되어 가고 있다

이제부터 아버지의 시간이다

---

* 2009년에 개봉한 영화 〈벤자민 버튼의 시간은 거꾸로 간다〉의 주인공

엄마의 감자적

팔랑거리며 소리 내는 함석판에
캉캉이* 무수한 이빨 구멍이 생겨나고

붉은 다리에 눕혀져 날 감재** 꾹꾹 삼키니
추적추적 하얀 섬유질이 가라앉는다

기름 발려진 무수*** 도장 나이테를 그리면
이내 한 국자 쏟아져 매끈히 미장 당하고

쪼그리고 지켜보던 곤로 옆 계집아이
뒤집혀진 누룽지 빛에 눈가가 가늘어진다

---

*   강릉지역의 방언

**   감자

*** 무

Door

그건 단절이다
그러나
그 안에서 평화롭다

반 뼘도 안 되는 수직의 회색 옆을
수 없이 걸어 다녔었다
그때도 궁금했다

내 키보다 높은 가림막과
내 오른손보다 힘이 센 문고리를
열 수 없어 더욱 그러했다

볼 수 없어 안달이 난
내 까치발은 붉게 흐물거렸고
매달렸던 내 여린 손톱은 찢어졌다

모양도 색깔도 알 수 없게
나비 못 박힌 네모는
소리만 거울이 되었다

그림자가 길어지면 안다

거꾸로 자라는 버튼

벽은 그때부터
굳은 침묵이고
슬프도록 자유롭고 아픈 희망이라는 것을

발락고개*

십 대를 지날 무렵이었을 것이다

아버지의 무등에 태워져
작은 꽃잎 같은 웃음으로 따라 올랐던 곳
큰 나무 같았던 아버지가 퇴임할 때까지 오르내리며
근무하셨던 골말길 옆 언덕의 무선국

작은 언덕 양쪽에 가로수로 서 있던
하얀 벚나무가 보인다
뜰에서 내려다보이는 마을은
돌담들의 이야기 소리가 들려오고
대관령 넘어 굽이져 지나던
바람은 까마득한 철탑을 넘나들었다

반백 년이 지나 철탑은 어디론가 사라지고
가슴 뭉클한 기억만
봄날의 꽃망울처럼 터져 나온다

---

* 강릉시 홍제동 달동네를 오르내리던 고개

거꾸로 자라는 버튼

이젠 지나가 버린 시간만큼 오래된 고목에
흐드러지게 피어난 벚꽃만 남아
나보다 먼저와 나를 기다리고 있다

발락고개,
그곳엔
소녀 시절 내 봄꽃 같은 시간들이 잠들어 있다

어떤 기도

가파른 오르막길에 층층나무처럼 자리 잡은 구인사
꼭대기 대웅전 옆엔 또다시
올라야 할 계단들이 무수히 놓여있다

몇 해 전 빗길 배달 사고로
철심 몇 개가 아직도 몸속에 남아 있는 친구는
저린 다리로 작대기 하나 짚고 묵묵히 산을 오른다

그렇게 도착한 곳
낮은 돌 제단 앞에 놓인 무덤 같은
적멸보궁 앞에서 합장한다

꼿꼿이 서 앞을 향해야 할
아픈 두 무릎이

하늘 향해 밝음을 받아야 할
둥근 이마의 짙은 엎드림이

어느 한 곳 간절함이 미치지
않은 곳 없는 낮은 몸피로

오체투지의 염원을 발원한다

거꾸로 자라는 버튼

내 안의 무엇이든
붓다의 허리춤을 풀어서라도
그 바람 너에게 가져다주고 싶다

항구엔 생선이 없었다

블라디보스토크! 라는
한마디에 두말 않고 따라나섰다
극동의 연해주,
얼지 않는 그들의 유일한 바다라고 했다
나는 아직 한 번도 언 바다를 본 적이 없다

연해주의 고려인 강제 이주 80주년을 기념하는 여행길이다
러일전쟁 패망 후 러시아의 일본 견제라는 전술적 계산과
조선의 탁월한 농업 인력을 착취하려는
치밀한 야욕의 희생물이 되어
광활한 불모지에 강제로 뿌려졌던
17만 고려인에 대한 핍박의 세월이 숨 막히게 몰려 왔다

일제강점기 말,
또 다른 민족수탈의 아픔과
오랜 서러움의 역사를 잊지 않기 위해
연해주의 한인들과 '민족연구소'가 뜻을 합쳐
천신만고 끝에 세워진
신한촌 기념비 앞에서
묵묵하게 백 년의 슬픔을 삭여야 했다

거꾸로 자라는 버튼

핫플로 뜨고 있는 여행자들의 거리
끝자락에 위치한 공연장에 초대를 받았다
유럽풍의 작은 음악홀에서는
설익은 클래식 연주만큼 과묵했던 관객들의 반응이 끝날 즈음
음색 고운 소프라노의 아리랑 가락이 퍼지자
모두 브라보를 외치는 기립 박수가 이어졌고
이국에서 듣는 한 맺힌 노래에
눈시울이 붉어지는 감동을 선물해 주었다

러시아에는 세 가지 자랑이 있다고 한다
자국 내에서 시차 11시간의 거대한 땅과
혀를 내두르게 하는 술 소비문화, 그중 으뜸은
아름다운 아가씨라고 한다
소문처럼 러시아 아가씨는 모두
모델 뺨치는 미인들이었다
일주일 동안의 여행 기간 내내
거리 곳곳에서 흔하게 마주치는 아가씨들을
눈부시게 바라보며 현실로 마주할 수 있었다

연해주는 바닷가 마을인데도
그들의 요리는 소금기가 모자란 듯
담백하고 기름진 음식이었고
또다시 찾아가 먹고 싶은 갖가지 소가 채워진
부드러운 팬케이크
그리고 짧고 강렬한 취기의 술 보드카는
역시 원더풀을 부르는 술맛이었다

블라디보스토크 항구엔
익숙한 듯 낯선 군함들과 거대한 선박들이
움직일 것 같지 않게 무겁게 매여 있고
부두 옆엔 일주일을 달려야 모스크바에 도착한다는
길이를 알 수 없는 수십 량의 시베리아 횡단 열차가
플랫폼에서 대기 중이었다
머리 위로는 만을 가로지르는
높고 유려한 금각만 대교가 우뚝 서서
블라디보스토크의 모든 시작과 끝을 지켜보고 있었다

그러나 항구에는 생선이 없었다

거꾸로 자라는 버튼

나의 사월은

나의 사월은
비처럼 뿌려지는 흰 꽃잎 같은 시간이다

스무 번째 사월은
예고 없는 한 장의 편지로
첫 이별을 열어보게 하였다

스물두 번째 사월은
홀로 접은 생의 준비 없는 안식에
희디흰 추모의 꽃을 부탁받았었다

스물네 번째 사월은
끈질긴 염원에도 모정은
허망한 눈물로 모진 상실을 남겨 놓았다

나의 사월은
아픈 시다, 추모의 꽃이다, 레퀴엠이다
아직, 끝나지 않은 상실의 도돌이표다

남친들의 수다

정월 초하루 밤

이제는 눈꽃 속에서
하얗게 타버린 다리 셋 달린
새의 전설을 이야기한다

날아오르지 못해 기와만 움켜잡고
새벽 먼동을 쪼아대는 동안
정월 초하루는
닭 벼슬 속으로 스며들었다

말이 밤새도록 말의 꼬리를 잡고
고개를 넘었다

거꾸로 자라는 버튼

노을 중독

하얀 섬 하나가
밑줄을 그으며 다가온다

오지 마라,
제발 가까이 오지 마라

발 없이 미끄러져
점점이 다가오는 너

흔들리는 수면에
낮은 숨소리 내게 닿으면

넌 달아나지도 못하고
내게 물든다

붉은 울음 속에서
의식 없이 물든 널 삼켜버린다

삼키다 삼키다 수억 년의
첫 햇살이 밑줄로 따라온다

내가 여기,
멈출 수 없는 이유다

사람 책갈피

글을 쓰는 건 욕심을 쳐내야 하는 일이다

가슴 안에 생겨나는 대로
마구 씨를 뿌리고
눈에 보이는 대로
거름을 만들어 덮는 일이다

내리면 내리는 대로
우산도 지붕도 없이 눈비를 맞게 한다
정신없이 스쳐 지나다 잠시 서서 바라보면
빼곡하게 무성해진 잡풀인지 숲인지
수북한 녹색 덤불 앞에 서 있다

순서도 정리도 안 된 숲에 들어선다
서로 방해되는 잡목 쳐내고
발목 잡는 잡초들을 뽑아낸다
그렇게 길을 내고 바람의 공간을 만들고
쉼터를 괴어 하늘빛을 머물게 한다

언제든 편히 지나가게 하고
누구나 쉬어가게 하는 영원의 정원

사람이 책이 되고, 책이 사람이 된다

거꾸로 자라는 버튼

우주를 건너온 첫소리

항아리 가득
태초의 씨앗을 심었다

하늘 비 토닥토닥,
별이 되어 쏟아지고

달의 길목에서
그림자처럼 고백한
심장 소리 들려온다

우주를 건너온 첫 고동 소리다[*]

오래된 심장에서
새움이 트고 있다

아, 누가 내 심장에
사랑을 심어 놓고 갔을까?

---

[*] 김남권 시인의 시 「새벽 종소리」에서 인용

열감

발밑이 꺼지는
몽롱하고 욱신거리는
며칠을 보냈다

발이 닿지 않는
울렁증을 모서리에 걸어두고
책상 앞에 앉는다

이제야
네가 생각났다
바닥 깊숙이 감춰둔 이름

어둠 속을 헤매다 겨우 찾은
내 그림자를 구석진 모퉁이에서
붙잡을 수 있었다

쉰 목을 울먹이다
반쯤 눈이 감긴 채 꿈결인 듯
부르는 소리를 들을 수 있었다

아무래도 저 높은 곳
그분과 대면하는 의식을 치르고 나야
본래의 내 모습을 찾을 수 있을까 보다

거꾸로 자라는 버튼

자장가

달의 발자국을 따라간다
숨바꼭질하는 아이들
머리 위로 별빛이 숨는다

그 별빛 들키지 않으려고
장독대 항아리 속으로
태초의 태반이 숨는다

타박타박, 타박타박
달의 발걸음 소리에
눈이 감긴다

제2부

인어의 달

1001번째 행성

- 그녀의 꿈

천 개의 행성을 만났다

섬강을 걷다 흰빛을 모아놓은
발레리안* 홀씨를 보았다
한순간에 사라질까 봐
날숨소리마저 삼키며 들여다본다

반짝, 섬광이 지나갔다

비좁은 틈에 겨우 끼워놓은
그녀의 눈빛도 순간,
사라져 버렸다

애초부터 존재하지 않았다는 듯 피워 문
오랜 흔적의 밑동만 남아 있다

지구의 시선은 따라갈 수 없었다
방향을 알 수 없는 우주의 바람은
부스러기 같은 향기를
별똥별처럼 그어 놓았다

---

*   2017년 뤽 베송 감독의 SF영화 〈천 개 행성의 도시〉 주인공 이름

거꾸로 자라는 버튼

1억 광년을 건너온
은하수 어디쯤 꽃 한 송이 피워 놓을까
지상의 씨앗 한 줌
어디쯤 길을 떠나고 있을까

장아찌, 봉인을 풀다

불두 모양의 머리채를 하고 있는
줄기채소 한 묶음이 꼿꼿이 놓여있다

파종 후 2년이 지나야
먹을 수 있다는 서양의 귀족 채소다
서너 줄기라면 달달 굴려 소금, 후추 뿌린다지만
이 정도 양이면 장기보관 요리가 필요하다

사진 찍어 카톡방에 올렸다
나보다 어린 요리 선배가 톡을 물었다
장아찌와 피클의 차이점을 간단하게 설명했다
스승님이다!
내 단무지 같은 성격을 단번에 파악했다

한꺼번에 맛볼 수 있는 피클 맛 장아찌로 결정했다
선물 받은 편백 도마의 포장지를 뜯고
요리를 시작한다
귀한 도마에 올려놓으니 채소도 몸값을 제대로 했다
씻기고, 벗기고, 다듬고, 담는다

냄비 안에선 새콤 달달하게 짭조름한 향이
후각을 지나 내 몸속 깊숙이 배어들었다
나도 누군가에게 깊은 맛이 배어들고 있을까?

거꾸로 자라는 버튼

투명한 항아리 속에 서양 귀채가
토종 간장 물에 잠긴 채 봉인되었다

그래 맛있게 익어가라, 아스파라거스

첫 꽃

멀리서
꽃불 두른 바람을 휘감고
허물이 벗겨져 내린다

바르르
숨겨진 솜털이 일어난다
젖은 손길에 웅크리고 있던 살갗이
소름처럼 얼굴을 든다

눈이 마주친다

순간,
청순한 속살의 처녀막이 터진다
첫 경험 제 핏물에 그만 꽃물이 들었다

나를
깨문 입술 사이로 터지던
황홀한 아픔을 삼키던
그 언덕에 가고 싶다

거꾸로 자라는 버튼

톡으로 건너온 여름 날씨

띠링,
'아이고! 넘 덥다'

한 줄짜리 톡이 왔다
.
.
.

바람으로 달려가
젖은 머릿속을 지나고 싶다

소나기로 넘어가
기울어진 어깨를 씻어 내리고 싶다

계곡 물로 쏟아져
뜨거워진 발아래 엎드리고 싶다
.
.
.

그렇게, 나의 누각에서 한나절 쉬어 가라

인어의 달

그녀가 내게 온 날은
눈의 침묵이 밤을 가리고 푸른 륜輪에 둘러진
진동의 두 번째 시간이었다

바람이 지나다 베어낸 자리 위에
만조의 머릿결과 해초 같은 미소를 물고
둥근 이마를 바라보고 있었다

번쩍,
팡 팡 팡 별똥별이
심장 뒤편으로 쏟아져 내렸다

그때부터였다

희디흰 그 모습에 빠져
보고 또 보다, 빌었다
온전히 갖게 해달라고

목소리를 내지 않는 몸짓으로
어느 날은 바다를 데려와 발끝에 놓아주고
우주의 공명을 끌어와 어깨 위에
현의 커튼을 걸어 놓기도 하였다

거꾸로 자라는 버튼

다리가 옅어지고 하나의 비늘이 생겨나
지느러미가 완성되고
태고의 테이아* 조각이 나타나면
바다로 돌아갈 것이다

---

*   빅뱅 이후 지구와 충돌 후 달이 생성된 태초의 행성

묵호 등대

묵호 등대에 올랐다

어부의 아내가 재가 되어 사라질 때까지
나뭇불을 던지며 지아비를 부르던
망양봉에 섰다

비바람이 거세지는 동안
불꽃은 젖은 숯이 되고 무명치마는
그만 뭍에 풀썩 주저앉았다

모든 걸 내어놓으나
그 하나를 주지 않는
망각의 바다를 내려다본다

붉은 억장이 푸른 껍질로 배어 나오고
재가 된 기다림은
등대 불빛으로 쌓이고 있다

거기 꺼지지 않는 눈물 쏟으며
한 줄기 빛이 된 여인이 있다

거꾸로 자라는 버튼

아득한 수평선 너머로
어부의 바다를 불러 모으는 여인이
하얗게 눈물을 쏟으며
촛대처럼 서 있다

한계령

밤새 봄비가
머물다 갔나 봅니다

하늘이 저리 푸르고
투명한 걸 보니

머뭇거리던 이팝 햇살이
내려와 소리가 되고

잠자던 천리 나무는
우주를 피워 물고

숨었던 개춘물은
첫 고해를 합니다

고개 오르다
한계에 다다르면

누구든 위로를 받고
또 한 번 용서를 하는

모두가 신령, 입니다
온전히 내 것, 입니다

거꾸로 자라는 버튼

2018 여름나기

간간이 불규칙한 심박으로 귀소하려는 심장은
안 그래도 되는 기억을 보관하고
들숨마저 녹이고 있다

열리지 않는 호흡을
두근 두두근
엇박자로 시간을 느리게 밀고 간다

어깨 위로는 비우고
배꼽 아래는 붙잡고
천추를 세워 메트로놈처럼 숨 고르기를 한다

관상동맥 어딘가에
숨어있을 것 같은 해마에게
요동 없는 바람을 불어 넣는다

여름내 리듬을 잘 못 타는
자율신경을 다독이며
스물네 번째 열대야를 보내는 중이다

그런 날이 있다

입춘 날 아침
문자 하나가 건너왔다

'계속 겨울비가 온다
이쯤에서 너도 왔으면 좋겠다…'

우산을 들고 설 대목장을 보다
문득
바닥보다 낮은 물의 길을 따라

문 저편에 갇힌 커피 향기에
빗물처럼 젖어들고 싶었다

그 익숙하고 향기로운…
너에게

거꾸로 자라는 버튼

첫눈

어스름 녘 문을 나선다
눈 감은 하늘이 보인다

무언가 오려는지 습습한 서리꽃 잎들이
안개마냥 흐드러져 있다
이왕 올 거면 천둥 치는 폭설로 오면 좋겠다

긴 겨울
젖은 눈길 끝에서 예고도 없이 성큼 다가와
폭풍으로 쏟아지던 그 사람처럼

희나리 같은 심장으로 굵은 솔가지 쓰러뜨리며
길옆으로 기울던 그날의 눈발처럼

그렇게 또다시, 폭설로 왔으면 좋겠다

능말 깨비다리

월중*에는 도깨비불 다리가 있다
그렇지만 그 다리는 쉽게 찾을 수 없다

길도 없는 깊은 능말 숲에 들어서면
안갯속에 둥근 테를 두른
푸른 불꽃 다리가 보인다

공간마저 흐릿한 입구에는
뿔이 한 개, 두 개, 세 개
짓궂은 얼굴의 삼 도깨비가 지키고 있다

이승의 건너편을 다녀올 수 있다는 그곳엔
세 가지 조건이 있다

잘 절여진 먹빛 심장
붉게 마른 동공
닳아버린 민무늬 손바닥
문지기 도깨비들이 엄격하게 심사하는 자격 기준이다

---

* 영월의 또 다른 옛말

거꾸로 자라는 버튼

오백오십삼 년 전 딱 한 번 열렸었다
살곶이 오작교에서 홍위 도령과
송씨 성을 가진 아씨의 만남이었다

어린 신부의 애끓는 사연과
소년 낭군의 절절한 그리움을 이어준 다리

지금도 영월 능말 숲속 깨비 다리에는
푸른 불빛의 도깨비들이 밤을 지키고 있다

청령포의 나비

구름마저 갇힌 산중에 섬 하나 들어있네
초승달 웅덩이에 갇혀버린 작은 초막 하나 지어 놓고
금표비 너머 멍든 울타리 시리도록 바라보네

갈라진 금강송만 기댈 곳 없는 어린 님의 벗 되어
몸 굽혀 낮은 자리 내어 주었네
말 없는 눈물 손으로 받아 삼키고 삼키다
눕지도 못한 채 오백 년을 서 있네

깎아지른 절벽 끝에 오른 애환의 두 눈
절절한 님의 도읍으로 끝도 없이 날아가네
닿을 길 없는 바람은 통곡으로 흘러내려
물 울타리 더욱 깊게 만들었네

한숨 흩어지고 거문 심장 바닥에 저민 채
설빙으로 덮어지던 그믐밤, 호장豪將 홀로 걸어와
서러운 넋 거두어 업고 가네
노신의 혼백도 함께 지고 가네

이제 가네, 떠나가네
어린 각시 손을 잡고 한양 나들이 가고 있네
흰나비 날아오르니 사슴도 따라나서고
허리 굽은 지게잡이 나비춤을 추며 훨훨 날아가네

거꾸로 자라는 버튼

4월 16일, 나비

바람이 분다

꽃잎 털어낸 사월의 바람이
남쪽 바다에서 불어온다

어린 잎새 허리를 휘감고 천리 길을 달려왔다
팽목항이라 했던가

7년의 밤이 지났지만
아직, 아침은 오지 않았다

올해도 다시 4월은 오고
노랑나비 무리 지어
민들레 꽃 속에 내려앉았지만

나비 날개
이슬에 젖어 허공만 응시하고 있다

어버이날

시아버지가
엄마를 만나러 가고
어머니가 된 계집애가
아빠 손을 처음 잡는 날이다

웃는 얼굴을 가슴이
붉도록 디밀어 주고
별것 없는 일상을
쉼표로 만들어주는

내 어린 날의 오마주

오늘이 지나온 날들이
모두 당신이었다

지금
아니 당신이, 바로 나였다

거꾸로 자라는 버튼

폭염

총소리가 울렸다

문을 열고 나갔다
연기 속에서 타는 듯한 비린내가
훅, 하고 얼굴을 덮쳤다

실눈 사이로 벌건 주검들이
거리 곳곳에 널브러져 있었다

황급히 돌아서 문을 닫아걸고
몸을 웅크린 채 귀를 막고 기다린다

총성과 신음소리가 멈추기를

그리고
선혈이 낭자한 가슴을 움켜쥐고
고통스러워하는 태양이 어서 빨리
구출되기를 기도한다

실제상황이다

백 년 만의 테러다

너의 두 번째 노래를 듣고 싶다

'오늘, 하루만 산다'는 친구가 있다

아홉 명의 가족 중 유일한 남자이자 가장이었던 그에게는
생의 하나뿐인 연상의 여인이 있었다

그녀가 삼천육백육 일이라는 시간 동안
병마와 투병 끝에 떠나고 난 이년 후, 그도
겨울의 날머리 즈음 고향에서 사라졌다

늘 자신은 삶을 포기할 수 없고
마음이 약해져서도 안 된다고
쇠심 같은 책임감을 심장에 박은 채
수많은 하루를 살아내고 있었는데
어느 해 입춘 전날 바람의 언덕*을 넘어가고 말았다

지금은 어느 하늘 아래에서
그 쇳내 나는 숨을 담금질하며
오늘을 살아내고 있을까

---

* 대관령 선자령

거꾸로 자라는 버튼

다시 걸어 내려올 솔향*의 들머리에 서서
너를 기다리면
대지가 열어준 물길을 성큼 건너와
네 두 번째 노래를 들을 수 있을까

다시 봄이 오면
내 유년의 길목에서 너를 만날 수 있을까

* 솔향 수목원 – 강릉시 구정면 소재

숙주의 경고

눈에 보이지도 느끼지도 못하게 인간사 속에

기생하는 미립자 같은 존재

작든 크든 육중하든 넌 모두를 무장해제 시키는구나

어느 날은 잠깐 추웠을 뿐인데 네게 덜미를 잡히고

어떤 날은 조금 피곤했을 뿐인데 들켜 버리고

또 다른 날은 거리를 그저 지나쳤을 뿐인데 검문 한번 없이 잡혀 버렸다

그리고 한순간 흔적도 없이 갑, 툭, 튀

한 성깔 하는 너

죽으나 사나 기주별에 공생인 척 기생하는구나

이왕이면 인류 종에겐 별 탈 없이 비비고

지구촌을 오염시키려는 질 나쁜 신생물에겐

거꾸로 자라는 버튼

멸균의 삼지창이 된다면 봐줄 만할 텐데 어찌 그리 불통인지…

넌 적이었다가 아군도 되었다 하는

무척 당돌한 이중적인 공생관을 꿈꾸는구나

어쩔 수 없는 네 족속의 뿌리 깊은 천성이다

그리하여 너의 식생권을 쥐고 있는

유일한 고등영장류로 이번 판은 못 본 척할 테니

이젠 숨소리조차 내지 말고 쥐 죽은 듯

납작 엎드려 있어라

허면 너희를 멸종시키는 백신 연구는 쉼 없이 할 테니

또다시, 무작정 튀어나오면 사정없이

너희를 박멸토록 할 것이다

이건 마지막 경고이자 최후통첩이다

바이러스, 플루 뒤에 있는 특히 바로 너

코로나19

거꾸로 자라는 버튼

11월의 문鬥

내 몸엔 캐치 없는 여닫이문 하나가
잘 닫히지 않는다
관심 없이 지나는 파동에도 펄럭거린다

내 문엔 데드볼트가 없다
나와 상관없는 말에도 일순 일렁거려
캐치를 잡지 못해 삐거덕거린다

고정되는 홀이 애초부터 없는 것인지
캐치를 붙잡는 볼트가 짧아
멈춤을 놓치고 있는 것인지 모르겠다

그 문 가끔은 잠겨있어야 내보이기 싫은
자존심을 슬쩍 지키고
표나지 않게 눈물도 조금 찍어내며
간혹 미친 듯한 읍소도 토해낼 수가 있는데

내 가슴 한복판엔 멈춤을 잃어버린
고장 난 문이 들어있다

유리창 밖의 11월,
겨울보다 추운 내 산달 같다

하얀 포옹

코로나19 감염병 대유행으로
지구가 아우성이던 청명 날 아침*
톡이 날아왔다

'벼랑 끝에 서 보니 평범했던 일상이
얼마나 소중한지 알겠다…'
목 안이 부어올라 화상처럼 아파 봄 몸살을 앓던
치킨집을 하는 고향 친구였다

'식아, 벼랑 끝에 다다르기 전에
커다란 나무 한 그루 서 있을 거야
그 아래에서 잠시 쉬어봐,
어쩌면 벼랑 끝이 낭떠러지가 아닌
멋진 풍경으로 다가올 수 있을 거야'

격려의 톡이 힘든 거리를 없애지 못함을 안다

---

* 2020 코로나19 사회적 거리 두기 4주차에

거꾸로 자라는 버튼

부산하게 움직이며
오후 볼 일마저 미루었다
바다 냄새 듬뿍 담긴 부드럽고 뜨끈한
강릉식 미역국을 한 솥 끓여 눈으로 대면하고
뚜껑 안 온기로 거리 두기를 껴안았다

돌아오던 길, 밤거리의 벚꽃이
세상을 하얗게 포옹하고 있었다

소나기 장마

그는 내게 오려던 것이 아니었다
바람이 지나는 길목에 그저 서 있었을 뿐이다

파도가 던진 소금 끈에 발목 잡힌 해풍에
현기증이 일어나 가던 길을 멈췄다
바람은 이상스레 눈물처럼 어지러웠다

서른일곱 해 전 운동장의 흙먼지가 그랬다

소낙비처럼 쏟아지던 햇살에
찡그린 눈썹의 상고머리 소년은
겨울속 긴 장화를 신은 멀쑥한 덩치의 어른이 되었고
눈꺼풀 깊은 두 눈엔 소리 없는 질문이 가득했다

하나의 어린 기억을 딛고 지나온 시간은
오직 그녀만의 것이었고
마주한 아이는 다른 곳에 있었다

열두 살,
떨리던 작은 손의 실수와 다가가지 못해
고백조차 못 한 비밀 상자는
그렇게 망각의 열쇠로 봉인 해제 되어버렸다

서른일곱 해 동안 내내 내리던 소나기가 그쳤다

거꾸로 자라는 버튼

제3부

탕수육의 연애학

헤어, 붓칠 당하다

귀밑 타고 오른 자작나무
백회서 깊이 자리함을 안 엊그제
큰바람 업은 비가 멈추지 않고 달려오던
추분이었네

타파*로 젖은 세상은
흡사 겨울을 돌려세운 듯 어스름쯤엔
잘근잘근 진저리도 치게 했었지

증정용 우산 받쳐 들고 진종일
육아 모드라는 명목하에
타국 출장을 향한 품목 찾아
시장을 뱅뱅거렸다네

억지로 홀로 앉을 시간 겨우 잡아
긴 거울을 마주하게 되었지

거기엔 거꾸로 자라는 자작 뿌리 잡힌 채
흑갈색 붓칠을 당하고 있는
낯선 듯, 낯익은 아낙이 이쪽을 바라보고 있더군

---

*   2019년 제17호 태풍

거꾸로 자라는 버튼

추분 날
그녀는 겨울을 미리 칠하고 싶었나 보네

헬렌 켈러의 촛불

세 번의 개벽
넌, 귀로 보고 입으로 듣고 눈으로 말했다

밟아 뭉개져도 소리 내지 못하고
핏빛 붉음도 흐르지 않았다

태양에 베인 살갗 떨어져 나가 뒹굴어도
음소거 된 소름으로 돋는 침묵이었다

무자비한 마름질의 고통 속에서도
외마디 비명마저 새어 나오지 않았다

밑바닥 다 들어내도록 빼앗기고 털어내도
빈손 들어 혼자서 배웅을 했다 넌

그건 오직
절대적인 당신만이 할 수 있는
수확을 끝낸 논바닥에서 돋아나는 소름

그건
헬렌 켈러의 외침
네 번째 계절의 또 다른 이름, 촛불이었다

2019년 10월 5일 서초동 촛불집회에서

거꾸로 자라는 버튼

서쪽 하늘

혜산*의 별 밭을 찾아가 누워보면
나도 특별한 시어(詩語) 하나를 별견할까 싶어
태양의 걸음을 따라 길을 나선다

여덟 시간 걸려 도착한 그곳엔
그이의 밭은 보이지 않고
미처 다 떠나가지 못한 물결만
수전노(水田瀘)의 이랑을 주섬주섬 덮고 있다

먼저 떠났던 아침 해는
레일에서 내려 수평선 너머로 들어가고
이내 노을을 남겨 놓았다

아, 드디어 별 밭이 나타나겠구나

뜨거워지겠구나 내 가슴처럼 붉게,

---

*   박두진 시인의 호

호접몽 蝴接夢

뒷산 비탈밭엔
튀밥 터지듯
벚꽃 만개하고

개울 건너 진달래는
오지 않는 님 그리다
부푼 젖무덤 떨구었는데

대관령 넘는다던 하늬바람은
어느 고개에서 발목 잡혔는지
소식 여즉이네

제비, 목련 다 접하고서야
이녘의 치맛자락을
들추려는가

거꾸로 자라는 버튼

연애세포 소환되다

이십칠 년 만에
남편과 손을 잡고 경포호수를 걸었다

바다에서 빠져나온 달빛이 수은등처럼 따라왔다
깍지 낀 손의 온도와 보폭을 따라오는
발자국의 온도가 닮아있다

식당에선 연애 시절 그랬던 손의 매너로
지난 추억의 즐거움을 데려왔다
갑자기 시간차 없는 공감대가
나란히 평행선으로 따라왔다

긴 생머리처럼 귓가를 스친
물가 버드나무 잎새 끝에 물결이 인다
파문을 일으킨 일렁임은 가슴속 진동이 되어
물길을 가르는 담수어 지느러미처럼 흔들린다

오늘 밤 달의 중력은 유난히 강해 보인다
화석이 된 알에서 신생대 연애세포가 깨어난 것일까?

경포호수의 달이 따라왔다

여우비

자동차 앞유리에 물방울이 툭 툭 터지다
이내 가득 찬다
창밖 하늘은 분명 환하다

한 뭉치 짙은 구름이
경계도 없는 가장자리로 몰려가고 있을 뿐
기척도 알지 못했다

그 사람도 그랬다
비 그림자도 없이 왔다가 훅 가버린 소낙비처럼
나조차 모르게 다녀간 짧은 그리움

흰 꼬리 여우를 연모한 범의 애달픈 눈물처럼
맨발의 무지개가 볕에 녹아 두 눈마저 사라질 때까지
땅에 닿지 못한 바람이었다

하짓날 오후
다시 기별 없는 여우 한 마리 다녀가면
낮달이 내려준 항아다리를 건널 것이다

삼십여 년 전 다녀간
첫 연애처럼

거꾸로 자라는 버튼

수치스런 날

일 년에 한 번
유기체를 점검받는다

혈압을 재고
인바디 검사를 한다

뚜. 뚜. 뚜. 뚜. 우
헉!

역대급이다

체지방량이 반전에 반전을 기록했다

이런 수치는
내 평생의 수치다

검진을 마치고 돌아오는 길

조영제 흡입으로 메슥거리는 속보다
내 얇은 묘족 형 발바닥이 동면에 든
곰 발바닥처럼 누런 지방층이 자꾸 밟힌다

생애 첫,
체중감량의 도전장을 받았다

감자꽃 할미

"나 열여덟에 이곳 산골로 시집와
이날 이때까지 고생 숱하게 했지
시아버지는 두 번째 첩 집에서 사느라 자식들 안 챙겼어
시어머니는 일을 할 줄 모르지,
기저귀 찬 올망졸망한 어린 시동생들이 참 불쌍했어
애 업고 산에 나무까지 해서 팔아 식구들 먹였지
신랑은 평생 술에 도박에 밖으로만 돌아 일을 못 했지
애 넷 키우느라 이렇게 꼬부랑이 다 됐어
결국, 애들 아버지는 술로 갔지…
가는 날 한마디 하데,
고생시켜서 미안했다고…"

온몸 관절에 옹이가 다 박혀 허리를 펴지 못하는
평촌리 박 할머니는 지금 아흔을 바라보고 있다

"그러셨군요
어르신, 정말 고생 많으셨네요
잘 살아내셨구요, 정말 고맙습니다"

"뭐이 거기가 고마우노…
다된 늙은이 이리 구석진 곳까지 찾아와
아픈데 살뜰히 봐주니 내가 고맙지"

거꾸로 자라는 버튼

맞잡은 마디 굵은 손에 힘이 들어가더니
눈 아래가 잠시 붉게 물들며 지나간다

그 시선 따라 문지방 높은 부엌 덧문 사이로
초록의 감자밭이 그녀의 일생처럼 하얗게 흔들렸다

달포 화花

내 심장은
저 벚꽃 같아라

짧은 꽃잎
기쁘지 않은 열매
화살 가지

찰나의 눈빛으로만
나누었던 상견례

초야의 화촉 밝히지도 못하고
품지 못한 순결은
붉은 이슬로 떨어졌다

다시, 기다림은 시작되었다

킹 체리

얼마나
오래도록 해_{sun}초리에
멍이 들었으면
먹빛 심장이 되었을까

어떻게
너의 심장으로 향하는
비밀 통로를 만들었을까

해마의 사랑앓이

품걸리에는 십 년째
혈액암 투병 중인 아흔이 다 된 할아버지가
치매 걸린 할머니를 돌보며
빈 둥지 같은 농가주택에 살고 있다

약봉지를 가지러 거실에서 안방을
잠깐 다녀오신 할아버지 가슴에선
완주를 끝낸 마라톤 선수의 숨처럼
휘파람 소리가 새어 나온다

'그래도 할망이 이쁜 치매라
고맙게도 자기를 살려주었다'고
나뭇가지 같은 손마디로
할머니의 구부정한 어깨를 매만진다

신이 있다면 할머니에게 할아버지는 천사다
삼십여 년 뒤에 내게도
누군가의 고운 손이 올 수 있을까

거꾸로 자라는 버튼

거실 화장실에서 잠시 손을 씻고 나오는
남자 직원을 보며 할머니가 환한 미소로
"우리 아들이야" 소개를 한다
"그래요 어르신, 아유 아드님이 반듯하니 참 잘 생기셨네요"
직원의 손을 잡은 할머니 눈에는 뚝뚝 꿀이 떨어졌다

예쁜 기억상실에 빠진 여자와
가슴 한켠에 깃털 숨을 품고 있는 남자는
지금 느린 사랑앓이 중이다

나 혼자 산다

강물 속에 집이 있다 벌써 오십 년도 더 된 일이다

소양댐 속에 집을 묻고 살아가는
평촌리 최 할머니를 만나러 간다
산자락 골목을 헛딛고 헤매다 겨우 첫 방문을 했다

미닫이문을 열자
마루에 동네 할머니 두 분 마실 와 계셨다
다음 일정은 미뤄둔 채 진료가방을 들고 문턱을 넘었다

불편한 데 없느냐고 물어보기 무섭게
통증의 사연들이 화수분처럼 터진다
시대의 호소를 듣는다
매만지고 눈 맞추며 진단과 처치가 마무리될 즈음
인생드라마 2부가 시작된다

취직을 시켜 주겠다던 집안 어른의 손에 끌려
열일곱에 여관방에 들여보낸 남자에게
시집왔다는 최 씨 할머니
궁핍했던 산촌생활을 온몸으로 견디며
자식들 낳아 키운 애환이 파노라마로 감긴다

화병에 걸릴 것 같은 심정으로 하소연을 듣는다

거꾸로 자라는 버튼

홀로 지내기에 어지러운 살림살이들이 눈에 들어왔다
"할아버지는 집에 계신가요?"
허리 굽은 최 씨 할머니
"읍내 콩 팔러 갔어" 한다
관절이 아프다는 백발의 강 씨 할머니는
"산에 나무하러 갔지" 하고,
맞은편 보청기를 한 막내 양 씨 할머니
"우리 영감은 아랫동네로 마실 갔어" 한다

끔벅거리는 내 눈을 쳐다보며
삼총사 할머니들 마주 보며 주름을 활짝 펴며 웃는다
"이 동네 바깥양반들은 죄다 나가서 집에 안 왔어"

아, 그랬다
그녀들은 이웃을 넘어 홀로
각개전투를 치른 전우들이었다
얼마만큼의 시간을 다독이며 살아내야
저런 입담을 미소로 뱉어낼 수 있을까

오랜만의 낯선 발걸음에 노을도 잠시 숨을 죽였다

난설헌의 담장

연모 하나로 살고 싶었다
하늘을 바라보고 핀 담장 너머
발소리에 매달려 숨 쉬는 초롱이었다

단 한 번
꽃술의 흔들림으로
생을 다 피워낸 꽃잎이었다

시 하나로
생을 다하고 싶었던 꽃잎
기와 그늘아래 흐드러지는 넝쿨이었다

담장 안
쓸쓸한 향기 한 줌에
가슴이 내려앉았다

유월의 빨래터
분분한 능소화만
유선사*되어 떠내려갔다

---

*   허난설헌의 시집 제목, 시 87수가 남아 있다.

거꾸로 자라는 버튼

탕수육의 연애학

연애는 녹말이다

젖으면 늘 가라앉는다
뜨거워지면 금세 엉겨 붙는다
휘저어도 끝내 가라앉는 첫 연애처럼
숨겨진 무게가 있다

가루를 안고 뛰어든 순간부터
끓는점은 낮아지고
한순간에 끈적한 풀이 된다
가벼워진 영혼은 공간 밖으로 떠나버리기 일쑤다

색을 드러내지 않은 투명한 이중성
그러나 늘 희망은 있다
맛을 배신하지 않는 탕수육처럼
기막힌 맛으로 달라진 세상을 보여준다

인생도 그렇다

시계 밥을 먹는 여자

시계 부랄이 축 늘어져 있다

허리가 자꾸만 꼬부라진다는
천전리 권 할머니 댁에 두 달 만에 방문했다
흰머리를 가슴팍에 늘어뜨린 채 이불을 젖히며
반달 같은 눈웃음으로 일어섰다

가장 먼저 눈에 들어오는 건 벽에 걸려있는
60년 넘은 괘종시계다

밥을 주고 나서 보름만 지나면
하루에 1분씩 늦어진다는 시계는
배 터지게 밥을 먹자마자 괘앵,
늘어진 소리로 30분을 알린다

늘 그렇듯 허리 주사보다
아사 직전의 시계 밥을 먼저 준다
할머니 허리로는 도저히 시계 밥을 줄 수가 없다

또르륵 또르륵 밥이 위장 속으로 들어가고
황동색 추는 또다시 씩씩하게 각을 맞춰 그네를 뛴다
괘종시계는 먼저 가신 할아버지가
선물해 준 유일한 유물이다

손이 닿지 않는 굽은 등으로
하루에 일 분씩 느리게 살아가는
그녀의 기억을 잇는 유일한 숨소리다

설중매 피어나는 풍경

무릎까지 눈이 푹푹 빠지는
골말 언덕을 지나 용강동에 다다랐다
축축한 양말 속 시린 발가락이 욱신거렸다
하얀 입김 물고 임영관 객사문 앞에서
바라보는 중앙시장이 코앞이다

머리에 젖은 눈을 이고 있는 젊은 처자가
허름한 가게에 다다라 냄비를 내민다
주인아주머니는 묻지도 않고 김이 오르는 국자로
옹심이를 넉넉히 담아준다

보자기에 묵직해진 냄비를 싸매고
하얗게 지워진 발자국을 따라서 오던 길을 다시 걸어간다
입춘이 한참 지났건만 손바닥만 한 춘설은
귀밑까지 아리게 했다

부엌에서 한 덩어리가 된 음식을 덜어 데우고
동치미 국물과 함께 대접을 들고 안방으로 들어간다
일순, 침묵으로 가득한 방 안 공기에 긴장을 한다
흐름이 멈춘 마른 냄새, 손이 떨렸다

거꾸로 자라는 버튼

무명 이불의 오르내림으로
미세한 숨소리가 새어 나오고
낮은 베개 위, 헝클어진 머릿결을 따라
아릿한 매화꽃 냄새가 번졌다

두부보다 흰

백설기보다 고왔다
화롯불보다 뜨듯했다
잊었던 엄마의 젖무덤이었다

몰랐다
지금껏 내가 다른 콩들을 먹었던 거다
정원가든*엔 아홉 살, 내 유년시절이
콩콩, 박혀 있다

---

* 　경기도 양평군 서종면 소나기 마을 입구 '콩탕 전문점'

거꾸로 자라는 버튼

엄지발가락

내 첫 간호실습지는
갈바리 호스피스병원이었다

첫날
선천성 장애가 있는 침상 환자의
점심 수발 후 구강 케어 중에
수석 수녀님이 학생인 나를 부른다

흰 벽, 하얀 침대
희디흰 소복의 여자가 반듯하게 누워있다
경직된 나는 스물한 살의 생애
첫 주검과 마주했다

간호사 수녀님들이 하나하나 염을 했다
침대 발밑에 서 있던 난 어느 순간부터인지
엄지와 검지가 소복 치맛단 아래 가지런히 나온
희고 투명한 발의 엄지발가락을 잡고 있었다

죽음과의 첫 조우
대리석같이 차고 투명한 그 발가락은
4년 뒤
내 어머니의 발가락이 되었다

지금도 나는 그 길을 가고 있다

제4부

아픈 손가락

봄, 한 꼬집

질퍽한 봄날
흙투성이 신발 뒤축에
붙어온
연분홍 꽃잎 하나

내 고단한
춘사春事에
따뜻한 위로
한 장 보내 왔구나

비밀 통로

카트를 밀고 가다
보송보송한 복숭아 옆에
때 이른 풋사과가 산더미다

시큼한 살 냄새가 난다

과일은 줄기에서도 그 맛이 난다
맹물을 빨아올린 뿌리는
몸통을 지나면서 무엇으로
그 하얀 맛을 빚었을까

어린 날 새벽녘에 따라가 밤을 줍다
곰보 가득한 산 사과를 비틀어 따주던
마디 굽은 손가락이 그것이다

젖니가 다 올라온 막내에게 늦도록
쪼그라든 젖꼭지를 물려주던 그 통로엔
비밀처럼 풋사과 맛이 마중을 나왔다

그녀의 보디가드

신북 지내리 골짜기 아래에
한평생을 홀로 리어카를 끌며
장사를 다녔던 그녀가 있다

무릎보다 높은 문지방 넘어
기울어진 벽에 기대어 앉아 몇 번씩 찾아온 사람
처음 보듯 궁금해 또다시 묻곤 한다

집을 고치려 십 년도 넘게 모아둔 큰 쌈짓돈을
절박한 이웃에게 빌려주었던 그날,
그들은 야반도주를 했다

그 망실이 가슴 길 통로를 막아
고혈압 병을 얻고 홧증이 박혀
귓소리마저 멀어졌다

어제보다 이십 년 전 일을
또렷이 이야기하며
툇마루 밖의 기척을 기다린다

붙잡힌 기억은
기어코 지워지지 않는 흔적이 되었다

거꾸로 자라는 버튼

대문이 없는 싸릿대 울타리 끝엔
낡은 리어카 한 대가 세워져 있다
나이 든 그만이 변함없이 그녀를 지키고 있다

껍데기는 가라*

그대는
알맹이로 꽉 차 있었나요
난 그리는 못 살겠네요

내 껍질 안에는 아직
매달지 못한 무정한 인자들이 없네요

그대를 밟고 간
흙 가슴 아래서
금강의 꽃씨가 피어납니다

그 향기 나비가 되어
내 어깨에 내려온 데도
난 또다시 겁이 나 모르쇠입니다

준비 안 된 이별은
온전히 내 것이 아니기에
떠날 수가 없습니다

---

* 　　신동엽 문학관에서, 〈금강〉, 〈껍데기는 가라〉를 읽고

거꾸로 자라는 버튼

벗겨질 이 껍데기마저
내겐 고마움입니다

그러니 나중에
붉은 하늘 밭에서 푸른 쇠꽃이 피어나거든
이 껍질 벗고서 달려가겠습니다

백두산이 사라졌다

9시 뉴스에 등장했던 양 씨 할머니의 호출을 받았다
살인 진드기에도 기적처럼 살아남은
할머니의 전화를 받고 방문 가방을 챙겼다
얼마 전부터 계속 어지럽고 기운이 없다고 하셨다

마당 입구에
매어 놓은 흰둥이가 안 보인다
개울 건너 차 소리에도 경중거렸던 충견이다
그 이름도 늠름한 백두산이었다

할머니 손가락이 짧게 하늘을 가리켰다
멀리 갔다고…
그 천국 아마도 38도쯤 되는
완두콩 모양의 찰 주머니 속이었으리라
초복도 못 넘기고 한 번도 건넌 적 없는
집 앞 다리를 건너고 말았다

작년 이맘때던가
매번 뱃가죽을 드러내 놓고
얼룩 꼬리 요란히 빗질을 해대던 덩치 큰 애교쟁이
한라산도 그렇게 사라졌었다

허한 내 속 들킬까
더위 인사치레로 속도 없이
다가온 고탄리 복날을 탓했는데,

차르르, 쇠줄 소리가 난다
개집 뒤편 구덩이에서 하얀 털 뭉치가 둘둘
굴러 나와 앞발로 마구 올라탄다
꼭, 닮 았 다

38선 넘어온 어린 금강산이 다시 자라고 있다

결국, 똥이었다

부귀리 삼막골
돌투성이 비탈밭 오솔길을 걸어가다
똥을 밟았다

물렁 질퍽,
더운 날씨 때문에 운동화 대신 샌들을 신었는데
늘 다니던 길인데
들깨밭 건너 푸른 들녘을 내려다보다
그만 발밑을 놓치고 말았다

욱 욱, 거리며
흙과 돌멩이에 발을 문질러 대다
땅바닥에 탁, 멈췄다
사람도 흙이 되고 거름이 되고
똥이 된다는 깨밭 할머니 말이 생각나
밭고랑 끝 그 집을 향해 발걸음을 옮겼다

언덕 위로 개똥 할아버지의 산소가 올려다보인다
발밑을 지나는 바람 속에
풋 깻잎 향이 따라와 똥 냄새는 벌써 잊었다

거꾸로 자라는 버튼

시각 장애를 무릅쓰고
지난해 직접 농사한 들깨 기름이라고
소주병 가득 담아 건네받은 고소함이 생각나
저절로 입가에 미소가 번졌다

그래, 사람도 똥이다

오늘은 복권이나 한 장 사자

세대 이감(離勘)

서른한 번째 한가위 차례상 준비에
게으른 앞치마를 둘렀다

윗전에선 연락이 없다
언제나 그랬듯 난 막내며느리다
만물상 아래서 음식 재료를
다듬고 데치고 굽기를 반복한다

조상신의 존재 유무와 상관없이
언제부터 시작되었는지 의문조차 가져 본 적도 없이
탑을 쌓듯 붉은 제단에 제물을 봉양해 왔다

자유분방했던 뇌는 달의 발걸음이
점점 가까워질 때쯤
매트릭스 속 세상처럼 도스화되어 줄줄이 내려갔다

한세대를 삼십 년이라 한다는데
이미 나는 삼십 년을 훌쩍 지났다
후임자도 없고, 씨 내림도 받을 사람이 없다

땅이 좁다고 일인 세대주만 늘어나고
자기들 밥그릇만 챙기느라 후세들에겐 탕국조차
남기지 않는 조상들에게 무얼 더 바치란 말인가

거꾸로 자라는 버튼

제발 꿈도 꾸지 말아라
씨 내림도 제사 내림도 준비하지 말고 보내야 한다

화火도 없고 억울함도 쌓인 적 없는 강판 위
손바닥이 타고 있다
시집살이보다 차례상이 더 맵다

외버선에 구멍이 뚫렸다

그녀의 버선 속엔 용이 한 마리 산다

용쓰며 살아냈던 서사가
전설이 되어 승천하려나 보다
아직 여의주를 찾지 못해
날개를 펴지 못하고 있다

대지에 붙잡힌 용이
온 기氣를 다해 날아오르려 하지만
뿌리가 잡혀 있다
이미 창공 아래 태산을 여러 번 박차다가
상처만 내고 말았다

또 한 번의 용트림을 한다
붉은 화염이 먹구름을 태운다
연무 사이로 하늘길이 열린다

드디어 꼬리에 화석처럼 박혀 있던
뿌리를 분리시켰다

"어르신, 무좀 발톱은 다 제거했으니
매일 약 바르시면 돼요"

거꾸로 자라는 버튼

"아고야,
용하기도 하네"

천전리 앞마당 하늘에도 비구름이 걷히고 있다
오늘은 비가 내리지 않을 듯하다

오만과 사치 사이에 핀 꽃

거실 한가운데
집값보다 비싼 북미산 월넛 우드슬랩이 들어왔다

벽 하나를 차지한 테이블은 누워 있어도
그 위세가 오만스럽다
손바닥 지문으로 빗질을 하듯
공간 밖으로 나온 그를 가만히 들여다본다

시각적 수치로는 읽혀지지 않는 나이테가
블랙홀에 빨려 들어갈 듯 둥근 석주로 박혀 있다
신화 속으로 사라져 간 영웅들의 이야기처럼
신기하고 비밀스럽다

시간의 나이테는 무엇을 기억하고 있을까
언제부터 비집고 틀어져 나선형의
빗살무늬를 그려 놓고 있었을까
통절의 기억을 해방시키는 질문을 끝없이 던진다

육중한 문을 열고 한 남자가 나타났다
자식 하나쯤은 새끼손가락으로도
능히 키울 수 있다고 하던 다섯 아이의 아버지다

거꾸로 자라는 버튼

자신의 무덤을 찾아 떠난 장소가 생활의 터전이 되어
치열하게 청춘을 건너온 가장이다
감당하기 버거운 짐을 지고 살아온 지 25년,
이제 또다시 남은 생을 버티기 위해
십 년 터를 찾아 떠날 채비를 한다

그 헤집었던 시간 속에서 터진 등짝으로 키운
다섯 아이들은 각자 또 다른 나이테를 만들기 위해
자신들의 씨앗을 품고 있다

뿌리 깊게 버텨왔던 거목은 이제 한 번 더
두꺼운 나이테로 천년을 버티기 위해 환생 중이다
그의 생, 한 조각이 걸어와 거실 한복판에 누워 있다

다시 운명의 샘은 솟아나고 마른 가지엔 새잎이 돋아나
그 푸른 심성을 서화書花로 새기며
새끼손가락 하나, 눈을 감고 있다

바람 노래

- 이육사 문학관을 다녀와서

몰랐었네
진심으로 몰랐었네
여기가 나비의 고향인 줄

그대가 지켜낸 노래가
아버지가, 아들이, 누이가, 그리고 내가
손에는 나팔 소리를 쥐고
꽃들과 춤추고 있었네

이제 광야엔
지천이 꽃동산이며
승리의 깃발이 나부끼네

그대 이제 편히
백우白牛의 등에서
향기로 내려다 보소서

거꾸로 자라는 버튼

순이 씨의 날개를 달다

인근 산골짝에서 손맛이 일품이라고 인정받던
순이 씨가 얼마 전에 떠났다
소식을 전해 들은 순간부터 어깨에서 통증이 일어났다
생가시 하나가 빠져 녹아 흐르는 것 같았다

그녀는 세상에 머물 시간이 얼마 없다는 걸 예감했었나 보다
아들 다섯 중 셋이나 앞서 보내고 잿빛 심장으로 평생을 살았다
느린 성장통을 안고 태어난 막내가 성인이 되고도
삼십여 년간 허리춤에 끌어안고 육아를 하며 살았다

늦은 장마가 40일째 계속되던 말복 무렵이었다
산 넘어 도시의 공동체 시설에
막내아들 손을 놓고 돌아와서는
한동안 어느 누구의 방문이나 연락도 받지 않았었다

그렇게 계절이 하나 지나가고 낙엽마저 거름이 되는
입동 전날,
이웃에게 발견된 순이 씨는 들것에 실려 입원을 하였고
폐가 급격하게 나빠졌다고 했다

흰 벽 속에서 만들어낸 투명 산소와 알부민으로
간신히 숨구멍이 열리고 말랐던 구개에선 샘물 소리가 흘렀다
생애 첫 돌봄을 받으며 가까스로 기력을 회복한 그녀는
며칠 후, 언덕 위 자신의 집으로 잠시 돌아왔었다

내일모레가 방문일인데 또다시 연락이 되지 않았다
겨우 며칠 집에서 지내는 동안 다시 막혀버린 호흡으로
새벽녘 세 개의 고갯마루를 하얗게 태우며 앰블런스를 타야 했다
그 밤 작고 쪼그라든 노구를 받아줄 큰 병원은 아무 데도 없었다
재래시장 입구에 있는 오래된 병원에 간신히 누울 수 있었다

나지막이 갈라진 목소리로 내뱉는 한 마디는
히말라야 능선을 넘는 바람처럼 헐떡거렸다
너무도 짧고 걱정스럽던 통화는
도돌이표처럼 불안을 매달고 자꾸만 되돌아왔다

꽃 피는 봄날
막내 보러 다 같이 나들이 가자고 주문을 수화기 속으로 밀어
보냈다
귀에도 허파가 들어있다면 용량을 무제한으로 늘려
끝도 없이 새 폐포를 전달해 그녀가 걸어 나오게 하고 싶었다

거꾸로 자라는 버튼

유난히 빨라진 첫눈, 폭설이 내린다

거실 창을 열고 멍하니 바라보다
창틀 아래 말라 있는 작은 풍뎅이 한 마리를 발견했다
딱딱한 갑피 등 아래 속 날개를 펴지도 못한 채
그대로 흰 가사가 되어 엎드려 있었다

내일모레면 입춘인데, 폭설은 멈출 기미를 보이지 않았다

앵벌이 원정대

지팡이 발자국이 보이지 않았다
실버카 바퀴 소리도 들리지 않는다
한파가 기승이다

지난날, 하루가 멀다고 산천의 경계석을 넘으며
앵벌이를 다녔었다
어느 날은 산나물 한 움큼에 단호박 세 개를 안고 오고
다른 날은 풋고추 한 바가지와 김이 나는
찐 감자 한 봉지를 품고 왔다

가끔 열기가 충만할 땐
털털한 옥수수 한 포대에 붉은 앵두 한 사발을 안고 왔고
넉넉한 인심을 만나면 가지를 한 바구니 이고 왔다

빈손으로 돌아올 때도 있었다
그럴 땐 잠시 몸을 낮춰 물때가 바뀌길 기다렸다
그러다 봉화처럼 건너온 파발에 구름 밭 너머
장딴지 튼실한 무를 너덧 개 뽑고,
뒤꼍 산밤도 한 되 퍼 담고,
애기고구마도 한 양재기를 보자기째 메고 나왔다

거꾸로 자라는 버튼

벌이가 시원찮아지면
투가리 동치미에 손 만두를 적셔 뱃속 가득히 품고
위도와 경도를 반드시 찜해 두고 대문 없는 마당을 나섰다

공소시효도 적용되지 않는 호호단*의 일원이 되어
혼자 사는 노인들의 가난한 살림살이를 적선받아
돌아오는 길,
소양호의 안개가 천형처럼 시리다

---

*   호호 방문진료센터: 한국수자원공사 춘천 소양댐지사의 '마이 원 닥터'(수몰지역 방
         문진료) 사업을 수행하는 센터 이름

누구였을까, 그 손

살면서 가장 기분 좋고 시원했던 기억이 있는가

문풍지를 울리는 바람 소리가 유독 가늘고 매섭게 들리던
동짓날 초승달 밤이었다
잠의 첫머리 속으로 빠져들 무렵,
등줄기 한복판으로 어린 개미 한 마리가
길을 잃은 듯 이리저리 헤집으며 돌아다니고 있었다

소글거리는 참기 힘든 감각은
평화롭던 꿈길을 연신 귀찮게 흔들어 댔다
비몽사몽 속 등 뒤로 손가락을 길게 보냈지만 닿을 기미가 없고
이불 바닥에 등을 비벼대는 마름질에도 녀석은 나갈 기미가 없
었다

도저히 어찌할 수 없는 딱 그만큼의 간격으로
무한 반복 왕복 달리기를 하는 녀석은 얄밉게도 잘 버티고 있었다
끙끙거리던 바로 그때, 쑥 하고 구세주처럼 나타난 손바닥
그건 따갑게 까슬거리던 따뜻한 체온이었다

비무장 상태의 등짝을 훑어 내리던 손길은
단옷날 야바위 좌판처럼 이리저리 시원하게 쓸어내렸다
호미도 괭이도 무용지물로 만들며 뒤뜰을 헤집고 다니던
여섯 장화 발의 불청객은 절벽 밖으로 삼십육계 줄행랑을 쳤다

한결 평온해진 기분이 되어
더 긁어달라고 조르던 꿈길 속,
까슬한 손톱을 감추며 어린 등을 가슴 깊이 안아주던
그날의 기억은
반세기가 지나도록 가장 평화로운 신세계였다

엄마가 되고 나서도
난 단 한 번도 효자손이 되어보지 못한 채
그분은 우주로 발걸음을 옮기고 나는 또 혼자 남아
빈 등을 억지로 긁고 있다

디올st*를 위하여

세기의 사랑꾼이 나왔다

왕관을 포기하고 사랑하는 여인을
선택한 어느 나라 왕이 있었다지만
줄리스런 마누라의 누런 죄를 덮기 위해
나라와 국민에게 총검을 들이댄 팔불출이 있었다

우리에게 일어난 일이 아니라면 무척 놀라는 척
혀도 끌끌거리며 신기한 듯 구경을 했을 거다

저 군홧발에 깨진 장소가 내 땅이라니
그 시커먼 몰골이 우리 얼굴이라니
빨간 이태리타올로 싹싹 밀어내고 수분 크림 듬뿍 발라
군내와 얼룩까지 지워내고 싶다

45년 전,
소환된 독재자의 학살 기억으로 소름이 돋아나
뜬눈으로 역사를 새겨 넣던 여의도의 밤

---

*   st: 짝퉁 명품을 이르는 말, 스타일의 약어

거꾸로 자라는 버튼

5년짜리 된장 덩어리 하나가
공무원 메뉴얼도 숙지하지 못한 덕분에
하수구 썩는 냄새를 풍기며 155분짜리 반역의 천하를 선물했다

을사년 아침이 밝았건만
나는 아직
대한실록 역사서 제77권 첫 장을 넘기지 못하고 있다

       - 24.12.3. 윤석렬의 망국적 내란의 비상계엄 사태를 직면한 새벽에

청탁과 뇌물이 머무는 곳

낭랑 18세 시절에 산골로 시집을 왔다
수십 년 땅을 파며 쉼 없이 살았다
고쟁이 치마바지를 걷어 올리니
가운데가 휑하니 벌어진 두 다리가 들어왔다
더는 무릎과 무릎 사이가 만날 일은 보이지 않았다

호미걸이 무릎으로 걸어온
여인의 역사가 누렇게 고여 있다
푸석하게 굳은 옹기 구멍에 단물 같은 꿀이 흘러들었다
천정까지 말라 각질이 쌓인 틈으로 물길이 돌고
제 살 파먹던 가시는 녹아버리고 말았다

"어르신 이번 주사는 좀 묵직할 거니까
하루 정도는 양반다리 하지 말고 무릎 펴고 잘 쉬어 주세요"
"응 그렇게 알았어"

주사 처치 후 확성기 목소리로 주의사항을 설명하고
바닥에 펼쳐놓은 가방을 다시 챙기는데
불쑥 코밑에 투명비닐에 쌓인 소주병이 눈에 들어왔다
"이거 내가 텃밭에다 올해 농사 지은 거로 짠 거야,
다음에도 안 아프게 꼭 좀 놔줘요"

거꾸로 자라는 버튼

소주병에 든 들기름이 3만 원이 넘는 건 아닌지…
사적 청탁의 걱정보단 연민을 품은
뜨거운 향이 먼저 목울대로 넘어왔다

푸른빛 방문가방 옆 주머니에
참 노랑 소주병 하나가 꼿꼿이 꽂혀
문턱을 넘어 따라오며 히죽히죽 웃고 있었다

가을은 수선집[*]으로 들어왔다

세 번째 손님이 들어왔다

해진 곳을 빈틈없이 박음질하고
비어있던 구멍엔 새 단추를 달았다
망가진 것은 미련 없이 뜯어내고
주름진 곳은 반듯하게 다렸다

여름이 맡겨 놓고 간 계절에
낭만을 덧댄 그리움을 촘촘히 깁는다
옷깃에 묻어온 아픔은
바닥에 떨어진 실밥처럼
이리저리 뒹군다

외줄에 걸린 조각보가
출렁, 현을 탄다
공중으로 솟구친 손 사위
자반을 돌며 춤을 추고

---

*   비원문학회 김지수 시인님의 시를 읽고 오마주

거꾸로 자라는 버튼

부산스럽게 들고 나던
디딤돌 틈으로
붉디붉은 단풍이 떨어진다

등을 보인 채 수선을 하던
남자의 배꼽이
하늘을 쳐다본다

한 해의 이별이 시작되고 있었다

꽃 누름 창

팔월대보름이 가까워오면
우리 집 앞마당은 언제나 꽃집이 된다
코스모스, 패랭이, 개망초, 쑥부쟁이
그리고 이름 모를 야생초까지

격자무늬 꽃병과 화분이 댓돌 위에
툇마루와 주춧돌 옆 난간에도
눕거나 서서 피어난다
화분과 화단은 늘 순백이었다

햇살을 이고 있는 푸른 창공에
푸우~, 하고 낮은 이슬 구름이 흩뿌려지면
들꽃들은 뿌리가 되어줄
흰 뜰을 온 힘을 다해 끌어안는다

세상이 모두 제자리를 찾아가면
그때부터 나도 몸단장에 들어간다
분을 바르며 이곳저곳을 살핀다
잎 주름은 잘 펴졌는지 꽃잎 속 수술들은
꼿꼿이 서로를 바라보고 있는지 꼼꼼하게 들여다본다

거꾸로 자라는 버튼

그리고 화장분이 잘 먹도록
반사판을 들고 앞다투어
어머니의 광목 치마폭 가득
한 해 동안 지지 않을 꽃밭을 선물한다

바다 호숫길[*]을 걷다

    남항진 솔바람 다리 앞 바다와 맞닿은 남대천 끝자락 홀로 솟은 둥근 죽도봉을 오르니 소나무 사이로 마주 선 강릉항 등대가 보이고 그 시선 따라 끝닿을 듯 동해를 바라본다 미처 그 푸르름 다 담아내지 못한 채 아쉬운 시선 거두고 내려와 안목 해변로를 지나자 어릴 적 소풍 명소인 동양 최장 해송 군락지 송정 솔밭으로 접어든다 발밑에서부터 머리 위를 올라 하늘까지 솔향으로 가득 덮인 숲은 차원을 벗어난 듯한 공간이 되어 내가 좋아하는 최고의 사색 길로 이끈다

    강문까지 이어진 해변 산책로를 따라 우럭 미역국이 맛있는 횟집 가득한 해변 모랫길 끝에 다다르면 민물과 바다가 맞닿아 왕래하는 길목 위로 반달처럼 가로 놓인 흰 솟대다리가 보인다 불룩한 다리의 중앙 바로 아래엔 연꽃 모양의 소원 받침대가 있어 동전 하나 던져 공사다망한 용왕님 한번 불러 맞잡은 손바닥 속 기도를 슬쩍 보여준다 그리고 돌아서 나와 건너편 안쪽 큰 도로를 건너 들어서면 키 큰 소나무 정원에 자리한 초당마을이 나타난다 모두가 원조가 되어버린 초당 순두부 간판이 즐비한 맛집에서 기교 없이 담백한 맛인 순두부 한 양재기에 양념간장 한 큰술

---

[*]   강릉 바우길 17구간 중 제5 구간 이름

                                     거꾸로 자라는 버튼

넣어 뜨뜻하게 배를 채우고 나면, 바로 앞 가까운 거리에 허난설헌 기념관과 생가가 보인다

　잠시 느린 걸음으로 허씨 오문장가의 시비가 세워진 뜨락을 둘러보다 안채에 멈춰 서서 안타깝게 요절한 천재 시인 허초희의 영정 앞에 선다 사백육십 년 전 그녀를 보며 지금의 우리가 더욱 당신을 애달파 하고 안타까이 그리워하고 있음을 가슴으로 담아 본다 초당 터를 돌아 나오면 만월 같은 경포호가 펼쳐져 있다 그 고요한 물빛 옆구리에 두르고 초록의 정취 가득한 호숫길을 돌아든다

　오백 년 세월 품은 벗나무가 에워싸고 있는 경포대가 한눈에 들어온다 짧은 언덕길 올라 사방이 탁 트인 정자에 앉아 잠시 옛 선인들의 풍류 시선을 더듬어보며 어느 보름날 바다와 하늘, 호수와 술잔, 그리고 님의 눈동자에 떠 있는 다섯 개의 달을 가슴에 담아 본다 경포대의 옛터를 찾아가려 발길을 돌려 내려오다 보면 고려 말 강릉 관찰사 박신과 절세의 강릉 기녀 홍장의 애달픈 사랑 이야기가 호숫가 바위, 홍장암에 새겨져 있다 운무 속에서 배를 타고 나타난 그녀를 기적 같은 기쁨으로 맞이했을 신의 애틋한 눈빛을 그려본다

시절 연인의 사랑가에 시선을 거두고 동쪽으로 발걸음을 옮기면 발아래 확 트인 경포 바다가 펼쳐진다 잠시 발걸음을 멈추고 끝없는 푸르름에 온몸이 물들길 기다려본다 여전히 파도와 밀당을 하는 오리와 십리 바위는 물 밖의 갈매기들에게 쉼터가 되어 변함없이 그 자리에 남아있다 수평선을 옆에 두르고 북쪽의 사근진 백사장을 따라 한참을 걸어가다 보면 더욱 짙어진 청록의 바다가 시리게 다가오고 파도의 흰 속살은 나를 울렁이게 한다

순긋 해변가 소나무 숲길 안쪽엔 아담한 찻집의 너른 마당에는 오직 한 사람만 들어가서 기도를 할 수 있는 세계에서 가장 작은 교회가 정원의 조경수처럼 세워져 있다 "진짜 똑같네! 작지만 있을 건 다 있어!" 그 작지만 정교한 교회의 풍경에 놀라 나도 모르게 나온 외마디를 그곳에다 헌금처럼 꺼내놓고, 다시 바다 부챗길을 따라 북쪽으로 발걸음을 옮긴다 끼룩대는 갈매기들이 어지러이 날고 있는 사천항에 다다르면 전국적으로 유명세를 타고 있는 사천 물회 가게들이 즐비한 수족관 앞을 지나게 된다 이번은 훗날을 기약하고 그저 지나가는 나그네의 눈으로만 훑고는 횟집 앞을 지나간다 생선 비린내가 따라오는 물기 절벅한 부두의 바다을 까치발로 건너 오늘 하루 걷기의 종점인 사천 바다, 작은 해변공원에 도착한다 어느새 내 발걸음을 따라온 바람도 발길을 멈추고 해송의 이파리마다 매달려 짭조름한 향기를 불어오고 있다

아픈 손가락

　이르게 찾아온 올겨울 11월의 초입, 늦은 오후에 대관령 넘어 고향 강릉에서 걸려온 전화 한 통에 어둑한 빗속을 젖히며 영동고속도로를 내달렸다 도착한 포남동의 오래된 단독주택 1층, 깜깜한 현관문을 열자 거실에는 전기장판에 온기도 넣지 않은 채 벌겋게 부은 눈의 그녀가 앉아 있었다

　한 친구로 인해 마음을 깊게 다친 딸, 시집가는 날을 한 달 반 앞둔 내 조카는 얼마 전 혼사준비를 하며 예단문제로 한바탕 아픈 홍역을 치르고 난 후라 그 후유증으로 인한 속상함에 더 마음 아파하고 있는 그녀의 엄마인 내 언니는 등도 켜지 않은 거실 한켠에 덩그러니 앉아 있었다

　무릎을 모으고 접은 발아래 긴 담요를 끌어와 덮어주고 나란히 어깨 위로 이불을 걸치고선 딸이 그동안 울어야 했던 속사정과 믿었던 친구의 배신으로 억울한 누명까지 쓰고서 다니던 회사마저 그만둬야 했던 아픈 사연을 털어놓았다 그럼에도 친구의 못된 비밀을 도저히 꺼내놓을 수 없어 안고 떠나온 그 가슴 아픈 사연을 밤새도록 듣고 또 들으며 빨개지는 두 눈을 달래고 훔치기를 몇 번, 조카를 먼저 재워 놓고 언니와 다시 나란히 앉았다

언니는 이미 딸이 받은 상처에 가슴이 더 깊이 베인 듯 저민 감정에 못 견뎌 하고 있었다

"저것은 부당해도 나서 말할 줄을 몰라, 싸울 줄도 몰라서 혼자서 저리 끙끙댄다"고 자신의 탓인 양 속상해하는 언니는 다시금 가라앉지 않는 복받침으로 속상함을 털어놓는다 점점 빨라지는 심장 고동과 턱까지 오르는 막힐 듯한 숨으로 마치, 타버린 송진처럼 마른 탈수 증상에 두통까지 호소해 챙겨간 진통제에 온수 한 컵 흘려 넣고 난 후에야 겨우 언니마저 머리를 뉘게 하였다

조카의 유년시절 이후부터 유명무실했던 형부, 남편의 부재 속에서 삶의 전부였던 딸을 긴 세월 혼자 키워야 했던 언니의 고단했던 여정이 더 고달파 저리 기진했으리라. 20대 때 그녀의 단 한 번의 연애로 인해, 머리 싸매고 누웠던 엄마가 생각난다 부모의 극한 반대에도 결국엔 자신의 선택과 결정으로 결혼을 하였고 태생부터 몸이 약해 그 당시 임신을 하면 건강이 위험할 수도 있다는 의사의 경고에도 불구하고 목숨 걸고 기적처럼 출산까지 감행했던 눈물이 많아도 바보같이 용감했던 언니였다

새벽녘이 지났는지 창밖이 푸르스름 밝아지고 있다 잠을 이

거꾸로 자라는 버튼

루지 못해 멍하게 부은 눈꺼풀 위로 얇은 여명이 들어오고 있다 뿌연 현관 안 신발장 앞엔 오늘은 출근길을 따라나서지 못할 걸 아는지 전기자전거 한 대 힘없이 벽에 기대어 잠에서 깨지 못하고 있다 잠이 든 언니를 본다 오래 전 세상을 떠난 엄마의 모습을 점점 닮아가고 있다 우리 자매가 어느덧 엄마의 아팠던 시간을 이어가고 있다는 생각에 또다시 마음이 울컥거린다 자식은 어쩔 수 없이 부모에겐 눈을 감는 그 순간까지 아픈 손가락일 수밖에 없다는 진심을 깨달으며 소금기 비릿한 바닷바람을 맞으며 한참을 걸어 집으로 돌아왔다.

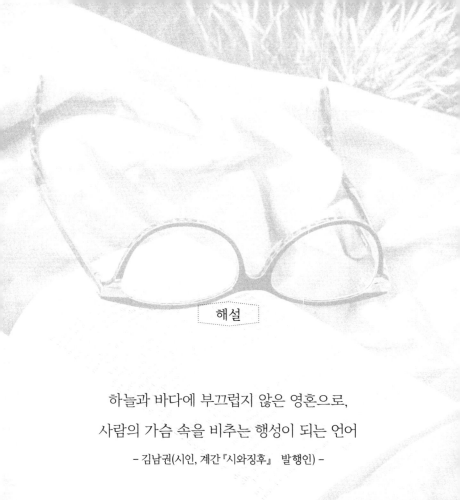

해설

하늘과 바다에 부끄럽지 않은 영혼으로,

사람의 가슴 속을 비추는 행성이 되는 언어

- 김남권(시인, 계간 『시와징후』 발행인) -

하늘과 바다에 부끄럽지 않은 영혼으로, 사람의 가슴 속을 비추는 행성이 되는 언어

– 최바하 시집 『거꾸로 자라는 버튼』을 읽고

김남권(시인, 계간 『시와정후』 발행인)

　시인의 심상은 오랜 시간, 상처와 슬픔이 숙성되어야 진하게 우러난다. 시인의 내면에 자신의 경험이 축적되거나 타인의 상처가 각인 될 때 그것들이 녹진하게 사유의 힘을 빌려 깨어나는 순간, 시가 되고 은유가 되는 것이다. 만약 그 깨달음의 깊이가 낮다면 은유는 없고 직관만 있는 현상적인 시에 머물게 될 것이다. 아리스토텔레스는 이미 2천여 년 전, 시학詩學을 통해 시는 은유가 없다면 죽은 것이나 마찬가지라고 강조하였고, 공자는 기원전 7세기경 시경詩經을 통해 제자들에게 305편의 시가 수록된 시집을 발간하여 농경사회를 살아가는 사람들의 삶과 깨달음에 대한 비유를 서술하였다. 인류가 시작되면서 인간의 심장에서 가장 오래 남아 있던 유전자도 아마 시의 흔적이 아니었을까? 비록 문자로 기억되기 전이라고 하지만 입에서 입으로 구전되면서 축약된 언어들이 은유를 만나 하나의 이미지가 완성되었을 것이다. 따라서 현대시의 흐름이나 경향이라는 것도 결국은 아리스토텔레스나 공자의 시를 문자 이후 최고의 동서양 시학 이론서에 기초한 것이라고 할 수 있지만, 이 책들의 뿌리는 원시 부족의 언어로 왔으리라는 것을 부인할 수 없다. 따라서 시대가 변화하면서 언어의 구조가 조금씩 변형될 수는 있어도 기본 원리인 비유, 상징, 이미지를 벗어나서는 시가 될 수 없다는 결론에 이르게 된다.

이건 비밀이다

내가 사는 마을 한구석엔
스타게이트가 있다
현관을 나서면 시속이 아닌 금속으로 날아
마하 25의 속도로
일 년에 단 한 번 열리는 문이 있다

틈이 생기는 순간,
빛은 들어온다
눈으로 본 모든 것은 이미 공상이 되었다
대지가 아닌 무중력 속에 떠 있는 발은
황금빛 노을에 잡혀 푸른 감각을 떠났고

내 혼은 도스처럼 오래된 가지 사이를 유영하다

뜨거운 욕망으로

공중을 허우적거리다 낙화洛花한다

1,000년 후의 지상엔

높이 32미터의 히든아이가 다시 올 천 년을 기약하며

황금빛 인연을 열

사람의 품안에 너를 가두고 있다

- 「게이트, 반계 1495 - 1」 [전문]

    최바하의 시 「게이트, 반계 1495 - 1」 외 4편은 시와 상상의 경계를 넘나드는 따뜻한 위로를 건넨다. 시와 시인과 독자가 따로 놀고 있다는 평가를 받고 있는 작금의 문단의 상황은 1차적인 책임은 작가에게 있다. 아무리 시인이 자신의 경험과 진술, 상상을 자유롭게 펼쳐놓은 것이 시라고 할지라도 자아도취에 빠져 시를 어렵게 쓰거나 언어유희에만 빠져 도저히 이해할 수 없는 시를 쓰거나 지나치게 단어 조합에만 몰입해 시가 주는 고유의 감동과 공감을 풀어내지 못한다면 결국 시도 공허한 메아리에 그칠 수밖에 없다. 이런 형상 때문에 독자는 서점을 떠나고 시를 외면하는 현상에 이르고 있다. 다만 지난 연말 한강 작가의 노벨문학상 소식은 시를 쓰고 소설을 쓰는 그녀의 아름다운 열정 덕분에 문학의 새로운 르네상스를 조심스럽게 기대하고 있지만 시인이 먼저 독자 곁으로 돌아오지 않는다면 백 년 만에 돌아온 절호의 기회도 공염불이 되고 말 것이다.

최바하의 시 「게이트, 반계 1495 - 1」는 원주 반계리에 있는 1,200년 된 은행나무를 통해 시간과 공간의 문을 열고 다시 미래로 향하는 인간의 염원을 우주로 통하는 문으로 형상화한 상상과 이미지의 결합으로 새로운 시적 공감을 불러일으키고 있다.

묵호 등대에 올랐다

어부의 아내가 재가 되어 사라질 때까지
나뭇불을 던지며 지아비를 부르던
망양봉에 섰다

비바람이 거세지는 동안
불꽃은 젖은 숯이 되고
무명치마는 그만 뭍에 풀썩 주저앉았다

모든 걸 내어놓으나
그 하나를 주지 않는
망각의 바다를 내려다본다
붉은 억장이 푸른 껍질로 배어 나오고

재가 된 기다림은
등대 불빛으로 쌓이고 있다

거기 꺼지지 않는 눈물 쏟으며
한 줄기 빛이 된 여인이 있다

아득한 수평선 너머로
어부의 바다를 불러 모으는 여인이
하얗게 눈물을 쏟으며
촛대처럼 서 있다

- 「묵호 등대」 전문

시 「묵호 등대」는 한 여인의 형상을 이미지화하고 있으며, 기다림과 그리움의 원형적 사유를 품고 있다. 묵호항에서 등대로 향하는 가파른 논골담길을 따라 올라가다 보면 산자락에 다닥다닥 붙어있는 슬레이트 지붕을 이은 집들이 나타나고, 사람 하나 겨우 비켜 가기 어려운 골목길에는 그곳에 살고 있고, 살아왔던 사람들의 이야기가 벽화로 남아 있다. 그렇게 골목 사이를 구불구불 돌아 정상에 오르면 하얀 등대가 바다를 향한 기지개를 켜고 있고, 등대 앞으로는 바다를 바라보는 카페들이 자리한 채 낭만에 젖은 관광객들을 기다리고 있다. 최바하가 그곳에서 바라본 것은 '망각의 바다'였다. 모든 기억을 품고 있었지만, 짐짓 하

거꾸로 자라는 버튼

나도 기억나지 않는 것처럼 태연하게 누워 있는 바다는 그 곳을 스쳐 간 모든 여인의 눈물이었을 것을 알고 있기 때문 이다.

거실 한가운데
집값보다 비싼 북미산 월넛 우드슬랩이 들어왔다

벽 하나를 차지한 테이블은 누워 있어도
그 위세가 오만스럽다
손바닥 지문으로 빗질을 하듯
공간 밖으로 나온 그를 가만히 들여다본다

시각적 수치로는 읽히지 않는 나이테가
블랙홀에 빨려 들어갈 듯 둥근 석주로 박혀 있다
신화 속으로 사라져 간 영웅들의 이야기처럼
신기하고 비밀스럽다

시간의 나이테는 무엇을 기억하고 있을까,
언제부터 비집고 틀어져 나선형의
빗살무늬를 그려 놓고 있었을까
통절의 기억을 해방시키는 질문을 끝없이 던진다
육중한 문을 열고 한 남자가 나타났다

해설

자식 하나쯤은 새끼손가락으로도

능히 키울 수 있다고 하던 다섯 아이의 아버지다

자신의 무덤을 찾아 떠난 장소가 생활의 터전이 되어

치열하게 청춘을 건너온 가장이다

감당하기 버거운 짐을 지고 살아온 지 25년,

이제 또다시 남은 생을 버티기 위해

십 년 터를 찾아 떠날 채비를 한다

그 헤집었던 시간 속에서 터진 등짝으로 키운

다섯 아이들은 각자 또 다른 나이테를 만들기 위해

자신들의 씨앗을 품고 있다

뿌리 깊게 버텨왔던 거목은 이제 한 번 더

두꺼운 나이테로 천년을 버티기 위해 환생 중이다

그의 생, 한 조각이 걸어와 거실 한복판에 누워있다

다시 운명의 샘은 솟아나고, 마른 가지엔 새잎이 돋아나

그 푸른 심성을 서화書花로 새기며

새끼손가락 하나, 눈을 감고 있다

– 「오만과 사치 사이에 핀 꽃」 전문

시 「오만과 사치 사이에 핀 꽃」은 비싼 우드슬랩을 집안에

들여놓고, 그것을 놓고 간 다섯 아이를 기르고 있는 사내의 이야기가 서사적으로 오버랩되어 우드슬랩 속에 선명하게 그려져 있는 무늬가 그 사내의 파란만장한 인생의 무늬로 전이되어 슬픔의 기억이 시적 화자에서 독자의 이미지 속으로 옮겨가고 있다. 감히 자신의 생보다 오래되었을 나무의 나이테를 헤아리며 그 무늬 속에 숨겨진 비밀스러운 기억을 읽어낼 자신이 없었을 것이다. 자식 다섯을 낳고 기르며 파란만장한 삶을 살고 있는 가장의 무게가 느껴져서 그 나무의 무늬를 만지는 것조차 두려웠을 것이다. 또 세월이 흘러 그 무늬를 가만히 더듬어 읽을 수 있을 때 손가락 끝에서 마음의 꽃이 피어날 것이다.

인근 산골짝에서 손맛이 일품이라고 인정받던
순이 씨가 얼마 전에 떠났다
소식을 전해 들은 순간부터 어깨에서 통증이 일어났다
생가시 하나가 빠져 녹아 흐르는 것 같았다

그녀는 세상에 머물 시간이 얼마 없다는 걸 예감했었나 보다
아들 다섯 중 셋이나 앞서 보내고 잿빛 심장으로 평생을 살았다
느린 성장통을 안고 태어난 막내가 성인이 되고도
삼십여 년간 허리춤에 끌어안고 육아를 하며 살았다
늦은 장마가 40일째 계속되던 말복 무렵이었다

산 넘어 도시의 공동체 시설에
막내아들 손을 놓고 돌아와서는
한동안 어느 누구의 방문이나 연락도 받지 않았었다

그렇게 계절이 하나 지나가고 낙엽마저 거름이 되는
입동 전날,
이웃에게 발견된 순이 씨는 들것에 실려 입원을 하였고
폐가 급격하게 나빠졌다고 했다

흰 벽 속에서 만들어낸 투명 산소와 알부민으로
간신히 숨구멍이 열리고 말랐던 구개에선 샘물 소리가 흘렀다
생애 첫 돌봄을 받으며 가까스로 기력을 회복한
그녀는 며칠 후, 언덕 위 자신의 집으로 잠시 돌아왔었다

내일모레가 방문일인데 또다시 연락이 되지 않았다
겨우 며칠 집에서 지내는 동안 다시 막혀버린 호흡으로
새벽녘 세 개의 고갯마루를 하얗게 태우며 앰블런스를 타야했다
그 밤 작고 쪼그라든 노구를 받아줄 큰 병원은 아무 데도 없었다
재래시장 입구에 있는 오래된 병원에 간신히 누울 수 있었다

나지막이 갈라진 목소리로 내뱉는 한 마디는
히말라야 능선을 넘는 바람처럼 헐떡거렸다
너무도 짧고 걱정스럽던 통화는

거꾸로 자라는 버튼

도돌이표처럼 불안을 매달고 자꾸만 되돌아왔다

꽃 피는 봄날

막내 보러 다 같이 나들이 가자고 주문을 수화기 속으로 밀어 보
냈다

귀에도 허파가 들어있다면 용량을 무제한으로 늘려

끝도 없이 새 폐포를 전달해 그녀가 걸어 나오게 하고 싶었다

유난히 빨라진 첫눈, 폭설이 내린다

거실 창을 열고 멍하니 바라보다

창틀 아래 말라 있는 작은 풍뎅이 한 마리를 발견했다

딱딱한 갑피등 아래 속 날개를 펴지도 못한 채

그대로 흰 가사가 되어 엎드려 있었다

내일모레면 입춘인데, 폭설은 멈출 기미를 보이지 않았다

－「순이 씨의 날개를 달다」 전문

　　시 「순이 씨의 날개를 달다」는 소양호의 수몰 지역에 살고
있는 노인들의 집을 방문하는 간호사로 활동하고 있는 최바
하의 일상 속 이야기가 진솔하고 아프게 그려지고 있다. 대
부분 혼자 살고 있는 노인들의 집을 방문하며 그들의 마지
막 삶의 여정을 동행하는 동안, 자신이 직접 경험한 사연들
을 시적 화자를 통해 감정이입으로 풀어내고 있다. 남편들
도 오래전에 하늘로 떠나버리고 자식들도 타관 객지로 떠난
지 오래된 노인들은 수몰된 땅에서 생의 마지막을 홀로 버

티고 있다. 집도 사람도 구경하기 힘든 고립된 마을에서 두어 달에 한 번씩 다녀가는 의사와 간호사를 만나 진료를 받고 자신의 신세 한탄을 하는 것이 유일한 낙이다. 사람이 그리운 사람들을 찾아가 사람의 온기를 나눠주고 돌아오며, 사람답게 사는 일은 과연 무엇일까를 돌아보게 하는 시인의 순결한 마음이 소양호의 뱃머리를 돌아 나오고 있다.

살면서 가장 기분 좋고 시원했던 기억이 있는가

문풍지를 울리는 바람 소리가 유독 가늘고 매섭게 들리던
동짓날 초승달 밤이었다
잠의 첫머리 속으로 빠져들 무렵,
등줄기 한복판으로 어린 개미 한 마리가
길을 잃은 듯 이리저리 헤집으며 돌아다니고 있었다

소글거리는 참기 힘든 감각은
평화롭던 꿈길을 연신 귀찮게 흔들어 댔다
비몽사몽 속 등 뒤로 손가락을 길게 보냈지만 닿을 기미가 없고
이불 바닥에 등을 비벼대는 마름질에도 녀석은 나갈 기미가 없었다
도저히 어찌할 수 없는 딱 그만큼의 간격으로
무한 반복 왕복 달리기를 하는 녀석은 얄밉게도 잘 버티고 있었다

거꾸로 자라는 버튼

끙끙거리던 바로 그때, 쑥 하고 구세주처럼 나타난 손바닥
그건 따갑게 까슬거리던 따뜻한 체온이었다

비무장 상태의 등짝을 훑어 내리던 손길은
단옷날 야바위 좌판처럼 이리저리 시원하게 쓸어내렸다
호미도 괭이도 무용지물로 만들며 뒤뜰을 헤집고 다니던
여섯 장화 발의 불청객은 절벽 밖으로 삼십육계 줄행랑을 쳤다

한결 평온해진 기분이 되어
더 긁어달라고 조르던 꿈길 속,
까슬한 손톱을 감추며 어린 등을 가슴 깊이 안아주던
그날의 기억은
반세기가 지나도록 가장 평화로운 신세계였다
엄마가 되고 나서도
난 단 한 번도 효자손이 되어보지 못한 채
그분은 우주로 발걸음을 옮기고 나는 또 혼자 남아
빈 등을 억지로 긁고 있다

– 「누구였을까, 그 손」 전문

시 「누구였을까, 그 손」은 어린 시절 비몽사몽 기억을 통해 아버지를 소환하며 그 따뜻하고 평화로웠던 순간을 평생 가슴에 담고 살며 행복했던 순간을 그려내고 있다. 자신을 스스로 시적 화자 속으로 끌어들여 시 속에 정성스럽게

녹아들게 하는 것이 최바하 시의 특징이자 장점이라고 할 것이다. 십여 년 동안 시 창작 교실에서 정진한 그의 사유가 녹아든 흔적이 여실하게 드러나는 대목이다. 부모가 되어봐야 부모 마음을 안다고 했다. 어린 시절 자신의 등을 긁어 주었던 까슬한 기억은 축복처럼 가슴에 남아 있고, 지금은 빈 등을 억지로 긁으며 그 기억의 순간들을 파도처럼 소환하고 있다. 어머니이기도 하고, 아버지이기도 했을 그 손의 기억으로 평생을 살아온 것이다.

항아리 가득
태초의 씨앗을 심었다

하늘 비 토닥토닥,
별이 되어 쏟아지고
달의 길목에서
그림자처럼 고백한
심장 소리 들려온다

우주를 건너온 첫 고동 소리다*
오래된 심장에서

---

* 김남권 시인의 시 「새벽 종소리」에서 인용

거꾸로 자라는 버튼

새 움이 트고 있다
아, 누가 내 심장에
사랑을 심어 놓고 갔을까?

– 「우주를 건너온 첫소리」 전문

모든 소리가 잊혀도 사랑하던 사람이 처음으로 내게 들려
준 고백은 잊히지 않는다. 그가 살아오면서 건넨 달콤한 이
야기도 가슴 속에 남아 있다. 사랑하기 때문에 그저 아무
생각 없이 내뱉은 말도 상처가 되고 만다. 그래서 그 말들은
오히려 달콤한 말보다 더 선명하고 아프게 기억되는 것이다.
첫사랑이 시작될 때는 가슴에서 새 움이 돋아나고 새 꽃이
핀다. 그것은 새벽 종소리를 들으며 깨어나는 것보다 맑은
울림으로 가슴에서 가슴으로 건너가 빛보다 빠르게 마음을
몽글거리게 하고 만다.

천 개의 행성을 만났다

섬강을 걷다 흰빛을 모아놓은
발레리안 홀씨를 보았다
한순간에 사라질까 봐
날숨소리마저 삼키며 들여다본다

반짝, 섬광이 지나갔다

비좁은 틈에 겨우 끼워놓은
그녀의 눈빛도 순간,
사라져 버렸다

애초부터 존재하지 않았다는 듯 피워 문
오랜 흔적의 밑둥만 남아 있다

지구의 시선은 따라갈 수 없었다
방향을 알 수 없는 우주의 바람은
부스러기 같은 향기를
별똥별처럼 그어 놓았다

1억 광년을 건너온
은하수 어디쯤 꽃 한 송이 피워 놓을까
지상의 씨앗 한 줌
어디쯤 길을 떠나고 있을까

- 「1001번째 행성 - 그녀의 꿈」 전문

   우주를 바라보는 나는 몇 번째 행성일까? 내가 밤하늘의
별을 바라보는 동안 그 별 중 어느 곳에서 나를 바라보며 신
호를 보내는 생각을 해본 적이 있다. UFO라는 존재가 미항

공우주국에서도 공식적인 존재로 인정하고 있는 상황이고
보면, 지구에 남아 있는 80억 명의 사람들도 각각의 행성이
아닐까? 인디언들은 사람이 죽으면 별이 된다고 믿고, 우주
를 향해 제물을 바치고 태풍이나 지진이 오면 하늘이 노해
서 인간에게 시련을 주는 것이라고 믿었다.

　나라는 존재도 어쩌면 땅바닥을 기어다니는 벌레들에게
는 거대한 우주 속 행성으로 보이지 않을까? 사랑하는 사람
에게 나는 그의 주변을 맴도는 위성이 아닐까? 심지어 생명
의 씨앗을 품고 있는 존재라면 더욱 간절한 행성으로 여겨
질 것이다.

바람이 분다

꽃잎 털어낸 사월의 바람이
남쪽 바다에서 불어온다

어린 잎새 허리를 휘감고 천리 길을 달려왔다
팽목항이라 했던가

7년의 밤이 지났지만
아직, 아침은 오지 않았다

해설　　　　　　　　　　　　　　　　　　　　　　151

올해도 다시 4월은 오고

노랑나비 무리 지어

민들레 꽃 속에 내려앉았지만

나비 날개

이슬에 젖어 허공만 응시하고 있다

- 「4월 16일, 나비」 전문

　이 시는 2014년 4월 16일 인천항에서 세월호를 타고 제주도로 수학여행을 떠나던 안산 단원고 학생들이 팽목항 근처에서 배가 침몰해 305명의 어린 목숨이 숨진 사건을 기록한 시다. 벌써 12년 전의 일이다. 아직 진상도 밝혀지지 않은 채 자식을 잃은 부모들은 그날의 상처에서 벗어나지 못하고 사건은 시간 속에 묻혀 가고 있다. 이 사건을 겪으면서 우리 사회는 내로남불 현상이 극단적으로 치달았다. 내 자식의 일이 아니라고 유가족을 향해 말을 함부로 하고 정치적인 희생물로 삼으며 우리 사회를 이념과 계층 간 갈등으로 몰아넣으며 유가족들이 마음을 추스르고 위로를 받고 트라우마를 치유하고 살아갈 희망은 주지 않은 채 또 다른 희생물로 삼아 공격하는 행위를 멈추지 않았다. 해마다 4월은 온다. 꽃은 피고 나비가 날아올 것이다. 모두가 내 자식이라고 생각하고 치유와 화해의 손길을 내밀어야 건강한 사회로 나아가지 않겠는가. 그를 향한 시인의 절규가 이 시에는 숙명처럼 남겨져 있다.

연애는 녹말이다

젖으면 늘 가라앉는다
뜨거워지면 금세 엉겨 붙는다
휘저어도 끝내 가라앉는 첫 연애처럼 숨겨진 무게가 있다

가루를 안고 뛰어든 순간부터
끓는점은 낮아지고 한순간에 끈적한 풀이 된다
가벼워진 영혼은 공간 밖으로 떠나버리기 일쑤다

색을 드러내지 않은 투명한 이중성
그러나 늘 희망은 있다
맛을 배신하지 않는 탕수육처럼
기막힌 맛으로
달라진 세상을 보여준다
인생도 그렇다

— 「탕수육의 연애학」 전문

연애가 녹말인 것은 인생도 그렇기 때문이다. 젖으면 가라앉고 뜨
거우면 녹는다.

평소에는 그 모습을 쉽게 드러내지 않지만 녹말이 고기를 만나 기름에 튀겨지면 천상의 맛이 난다. 그 맛에 중독된 사람들은 그 기억을 함부로 놓지 않는다. 연애도 중독이다. 그, 중독에 빠지려고 자발적으로 중독자가 되는 것이다. 돌아보면 삶은 결국 중독되기 위해서 사는 것이다. 가족에 중독되고 일에 중독되고 공부에 중독되고 사랑에 중독된다. 그 중독이 집착이 되는 순간, 파경에 이르기도 한다. 중독과 집착 사이에서 거리 조절을 하지 못하면 스스로 독배를 마시고 마는 것이다.

그대는
알맹이로 꽉 차 있었나요
난 그리는 못 살겠네요
내 껍질 안에는 아직
매달지 못한 무정한 인자들이 없네요

그대를 밟고 간
흙 가슴 아래서
금강의 꽃씨가 피어납니다

그 향기 나비가 되어
내 어깨에 내려온 데도
난 또다시 겁이 나 모르쇠입니다
준비 안 된 이별은

온전히 내 것이 아니기에
떠날 수가 없습니다

벗겨질 이 껍데기마저
내겐 고마움입니다

그러니 나중에
붉은 하늘 밭에서 푸른 쇠꽃이 피어나거든
이 껍질 벗고서 달려가겠습니다

- 「껍데기는 가라*」 전문

　　이 시는 부여 신동엽문학관을 다녀온 시인이 신동엽 시인
의 시 「껍데기는 가라」에서 영감을 받아 문학관에서 만난
그의 육필 원고와 시인의 생애와 숨결을 기억하며 쓴 시다.
이 땅에는 아직도 독재에 대한 향수와 더불어 심지어 식민
지 향수도 남아 있다. 4·19 혁명과 5·18 민주화 운동으로 청
년들이 피 흘려 이루어 놓은 민주주의를 피 한 방울 흘리지
않고 그 열매를 따뜻하게 다 먹고 있으면서도 자신들이 누
리고 있는 것이 누구 덕분이고 어떻게 누리고 있는지 망각
하며 살고 있는 현실에 대한 인식을 증명하고 있다고 할 것

---

* 　신동엽의 시 제목에서 인용

이다. 최바하는 내가 살아가고 있는 현실에 대한 문제들을
절대로 피해 가지 않는다. 수많은 문인이 비겁하게 현실을
외면하며 살아가고 있을 때, 그는 세상을 향해 자기 목소리
를 내는 푸른 쇠 꽃을 피우고 있다.

세기의 사랑꾼이 나왔다

왕관을 포기하고 사랑하는 여인을
선택한 어느 나라 왕이 있었다지만
줄리스런 마누라의 누런 죄를 덮기 위해
나라와 국민에게 총검을 들이댄 팔불출이 있었다

우리에게 일어난 일이 아니라면 무척 놀라는 척
혀도 끌끌거리며 신기한 듯 구경을 했을 거다
저 군홧발에 깨진 장소가 내 땅 이라니
그 시커먼 몰골이 우리 얼굴이라니
빨간 이태리타올로 싹싹 밀어내고 수분 크림 듬뿍 발라
군내와 얼룩까지 지워내고 싶다

45년 전,
소환된 독재자의 학살 기억으로 소름이 돋아나
뜬눈으로 역사를 새겨 넣던 여의도의 밤

거꾸로 자라는 버튼

5년짜리 된장 덩어리 하나가

공무원 메뉴얼도 숙지하지 못한 덕분에

하수구 썩는 냄새를 풍기며 155분짜리 반역의 천하를 선물했다

을사년 아침이 밝았건만

나는 아직,

대한실록 역사서 제77권 첫 장을 넘기지 못하고 있다

－「디올st을 위하여」

　명품백은 모든 여성의 로망이라고 했던가? 공무원은 5만 원만 넘어도 뇌물이라고, 어떤 국회의원 아내는 비서가 법인 카드로 10만 원을 썼다고 재판에 넘겨 벌금 3백만 원을 선고했다고 하는데 최고 공직자의 아내라는 사람이 받은 3백만 원짜리 명품백은 본인 직접 받았는데도 뇌물이 아니어서 처벌할 수 없다고 하는 이상한 판결을 내린 사법부가 있다. 그러면서 그들은 외친다. 법은 만인 앞에 평등하니 모든 국민은 법을 잘 지켜야 한다고, 그러나 그들은 한결같이 위장 전입을 하고 멀쩡하다가 군대 갈 나이가 되면 몸이 아파 병역을 기피하고 세금을 탈세하고 고급 정보를 빼내 부동산 투기를 일삼는다. 이제 그 기록의 슬픈 역사를 최바하의 시를 통해 대한민국의 도서관에, 독자들 가슴에, 시로 남겨둘 것이다.

　최바하 시인은 강릉에서 태어나 늘 수평선과 천평선을 동

시에 보고 성장했다. 그의 가슴 속에는 늘 푸른 두 개의 선이 하나로 만나 푸르게 빛나는 순간을 가슴에 품으며 하늘을 우러러 한 점 부끄럼이 없기를, 바다를 이르러 한 점 노여움이 없기를 생각하며 평생을 살아왔다.

그리하여 반세기 넘게 살아온 자연인의 이름을 뒤로하고 '바다와 하늘을 닮은 시인'이 되려고 '바하'라는 필명을 얻고 시인으로 두 번째 인생을 시작하고 있다. 그래서 최바하 시인의 시에서는 푸른 하늘의 맑고 향기로운 기운이 느껴지고 모든 생명의 마지막 보루인 바다의 뜨거운 무늬가 용솟음친다. 사람을 향해서는 연민하는 마음을 잃지 않고, 자연을 향해서는 생명의 숨결을 놓지 않는 따뜻한 성정을 잃지 않고 있다. 시인의 길을 걸어가는 동안, 비겁하지 않고 아름다운 심성을 깨우며, 착한 사람들의 가슴에 뜨는 빛나는 행성이 될 수 있기를 기대한다.

거꾸로 자라는 버튼

거꾸로 자라는 버튼

펴낸날 2025년 4월 5일

지은이 최바하
펴낸이 주계수 | **편집책임** 이슬기 | **꾸민이** 이해린

펴낸곳 밥북 | **출판등록** 제 2014-000085 호
주소 서울특별시 마포구 양화로 156 LG팰리스빌딩 917호
전화 02-6925-0370 | **팩스** 02-6925-0380
홈페이지 www.bobbook.co.kr | **이메일** bobbook@hanmail.net

ⓒ 최바하, 2025.
ISBN 979-11-7223-069-2 (03810)